श्रेष्ठ बाल कहानियाँ

भाग-1

श्रेष्ठ बाल कहानियाँ

भाग-1

रूपसिंह चन्देल

नीलकंठ प्रकाशन
नई दिल्ली-110002

ISBN : 978-93-95145-46-6

प्रथम संस्करण : 2022

द्वितीय संस्करण : 2025

प्रकाशक : नीलकंठ प्रकाशन
4760-61, द्वितीय तल, 23, अंसारी रोड
दरियागंज, नई दिल्ली-110002

शब्द-संयोजक : गुप्ता कम्प्यूनिकेशन, शाहदरा, दिल्ली-110032

SHERSTHA BAAL KAHANIYAN, Part-1
by Roop Singh Chandel

समर्पण

श्रेष्ठ बाल कहानियां-भाग एक
प्रिय दोहित्र अदम्य को

अनुक्रम

जादुई छड़ी

राजस्थान के एक गाँव में मंगला नाम का एक किसान रहता था। वह अपने खेतों में कड़ा परिश्रम करता था। उनमें जो फसल पैदा होती थी, उसी से परिवार का भरण-पोषण करता था। एक बार वहाँ भयंकर सूखा पड़ा। खेतों में एक दाना भी पैदा नहीं हुआ। कुछ दिनों तक तो वह पिछले वर्षों के बचे हुए अनाज से परिवार का पालन करता रहा और मजदूरी की तलाश में इधर-उधर भटकता रहा। लेकिन सूखे से बड़े किसान और जमींदार भी तबाह हो चुके थे, इसलिए मंगला को कहीं भी मजदूरी नहीं मिली।

एक दिन ऐसा भी आया जब घर में पिछला सारा अनाज भी खत्म हो गया। उस दिन उसके बच्चे सारा दिन भूखे रहे। उसकी आँखों में आँसू आ गये। उसकी पत्नी पास ही बैठी थी। वह बोली–"यदि तुम मेरी सलाह मानो तो अपने बचपन के साथी मगरू के पास जाओ। मगरू बहुत बड़ा व्यापारी है। उससे थोड़ा-सा धन उधार ले आओ। ऐसे आड़े समय में वह काम नहीं आयेगा तो कब आयेगा!"

मंगला देर तक पत्नी की बात पर विचार करता रहा। मगरू का गाँव उसके गाँव से बहुत दूर था। बचपन में दोनों एक ही गाँव में रहते थे, लेकिन बड़े होकर व्यापार करने के लिए मगरू दूसरे गाँव में जाकर रहने लगा था। दोनों के गाँव के बीच कई मील लम्बा रेगिस्तान पड़ता था। बहुत देर तक सोचने के बाद मंगला ने मगरू के पास जाकर रुपये उधार माँगने का निर्णय किया।

दूसरे दिन रास्ते में पीने के लिए दो मशकों में पानी भरकर वह मगरू के गाँव की ओर चल पड़ा। लम्बे-चौड़े रेगिस्तान को पारकर वह मगरू के घर पहुँचा। उस समय मगरू बही-खाते देख रहा था। जब उसके नौकर के साथ मंगला उसके सामने पहुँचा तब मगरू ने उससे पूछा–"क्या काम है?

जल्दी बोलो, मेरे पास अधिक समय नहीं है।"

मंगला को आश्चर्य हुआ कि मगरू ने उसे पहचाना तक नहीं। मंगला ने उसे बचपन की मित्रता की याद दिलाते हुए अपने आने का प्रयोजन बताया। सुनकर रूखे स्वर में मगरू बोला–"मुझे याद आ गया मित्र कि हम लोग बचपन में साथ-साथ खेला करते थे। लेकिन इस समय मैं मजबूर हूँ। तुम्हारी कोई मदद नहीं कर पाऊँगा।"

मगरू का उत्तर सुनकर मंगला निराश हो गया। लेकिन उसने एक बार और प्रयत्न करके देखना चाहा। वह बोला–"मित्र, मैं बहुत उम्मीद लेकर आया हूँ। यदि तुमने मेरी मदद न की तो मेरे बच्चे भूखों मर जायेगें।

लेकिन मगरू ने कहा–"मंगला खेती में उपजे अन्न का कुछ भाग भविष्य के लिए अवश्य सुरक्षित रखना चाहिए। लेकिन तुम प्रतिवर्ष उसे बेचकर मौजमस्ती करते रहे। यदि उसे बचाया होता तो आज वह काम आता। जाओ और परिश्रमी व्यक्ति की तरह खेती में काम करो।"

यह सुनकर मंगला ने समझ लिया कि मगरू लालची हो गया है। उसने वहाँ एक क्षण भी रुकना व्यर्थ समझा। मगरू के गाँव के किनारे बहने

वाली नदी से उसने मशकों में पानी भरा और चल पड़ा अपने गाँव की ओर। लगातार कई घण्टे चलने के बाद वह रेगिस्तानी इलाके में पहुँचा। उस दिन गर्मी कुछ अधिक थी। उसे बहुत जोरों की प्यास लगी। वह मशक का ढक्कन खोलकर पानी पीने ही वाला था कि किसी की आवाज सुनकर रुक गया। पीछे कोई कह रहा था–"मुझे बहुत जोरों की प्यास लगी है बेटा, दम घुटा जा रहा है।"

मंगला ने पीछे मुड़कर देखा। एक साधू उसकी ओर आ रहा था। उसके पास आकर साधू बोला–"बेटा, प्यास से दम निकला जा रहा है। यदि तुम थोड़ा-सा पानी दे दो तो प्राण बच जाएँ।"

मंगला ने पानी का मशक साधू की ओर बढ़ा दिया और बोला–"महाराज, आप जितना पीना चाहें, पी लें। मेरे पास पानी से भरा एक और मशक है।" उसने दूसरा मशक निकाला और खुद भी पीने लगा।

साधू ने मशक का पूरा पानी पी लिया। उसे वापस लौटाते हुए वह बोला–"बेटा, यदि तुम न मिलते तो आज इस रेगिस्तान में मेरी मृत्यु निश्चित थी।" फिर एक छड़ी मंगला को देते हुए साधु बोला–"मैं तुम्हें यह जादुई छड़ी दे रहा हूँ। पीने वाली चीजों को छोड़कर तुम इस छड़ी से सब

कुछ पा सकोगे।" छड़ो देकर साधू दूसरी दिशा की ओर चला गया।

जादुई छड़ी पाकर मंगला बहुत खुश हुआ। वह जल्दी-जल्दी घर पहुँचा। घर पहुँचते ही उसने छड़ी की परीक्षा करना चाहा। उसने उससे भोजन की माँग की। देखते ही देखते उसके पूरे परिवार के लिए विभिन्न प्रकार के भोजनों से सजी थालियाँ वहाँ आ गई।

मंगला ने सबसे पहले अपने परिवार के साथ छककर भोजन किया। इसके बाद उसने छड़ी से एक सुन्दर से भवन की माँग की। देखते ही देखते उसका झोपड़ीनुमा मकान महल में परिवर्तित हो गया। अब उसने रुपये, सोना, चाँदी तमाम चीजों की माँग की और छड़ी के जादू से उसे सब कुछ मिल गया। यह देख गाँव वाले उसके पास आए और कहने लगे कि यदि छड़ी के जादू से वह उनके खेतों में फसल उगा दे तो वे लोग भी सुखी हो जाएँ। मंगला ने वही किया। उसके साथ-साथ गाँव वाले भी फिर से खुशहाल हो गए।

उस जादुई छड़ी के करिश्मों का समाचार एक दिन मगरू को प्राप्त हुआ। वह सोचने लगा कि यदि मंगला की जादुई छड़ी वह चुरा ले तो उसके बल पर वह संसार का सबसे धनी व्यक्ति हो सकता है। उसने छड़ी चोरी करने की योजना बनाई और मंगला के गाँव की ओर चल पड़ा। रेगिस्तान पार कर जब वह उसके गाँव पहुँचा, उस समय रात हो चुकी थी। मगरू रात के आखिरी पहर में मंगला के घर में घुसना चाहता था। उसने वैसा ही किया। रात के आखिरी पहर में जब ठण्डी हवा पाकर मंगला दूसरी मंज़िल में सपरिवार गहरी नींद में सो रहा था, मगरू रस्सों के सहारे ऊपर पहुँचा। उसे छड़ी खोजने में परेशानी नहीं हुई, क्योंकि वह सामने खूंटी पर लटक रही थी। उसे लेकर रस्सी के सहारे वह वापस लौट आया।

अब वह खुशी-खुशी अपने गाँव की ओर लौट पड़ा। लौटते समय वह अपने साथ लाया सारा सामान भी छोड़ गया, जिसमें पानी से भरे मशक भी थे। जब वह आधा रेगिस्तान तय कर चुका, तब उसे बहुत जोरों की प्यास लगी। उसने बड़े गर्व से छड़ी से पानी की माँग की। लेकिन उसे निराशा ही हाथ लगी। वह बहुत झुंझलाया। उसने छड़ी से अन्य चीजों की माँग की, जो उसे तुरन्त मिल गयीं। लेकिन उसे तो उस समय चाहिए था पानी, जो

बार-बार माँगने पर भी नहीं मिला। उसे यह नहीं मालूम था कि छड़ी से पीने की चीजें छोड़कर सब कुछ पाया जा सकता है।

जैसे-जैसे समय बीतता गया, मगरू की प्यास बढ़ती गयी। कुछ देर तक वह प्यास को बर्दाश्त करता रहा, लेकिन थोड़ी देर बाद ही वह बेहोश होकर गिर पड़ा और उसने दम तोड़ दिया। लालच के कारण उसे अपने प्राणों से हाथ धोना पड़ा।

धैर्य की कमी

बहुत पुरानी बात है। रूस के एक कस्बे में सेम्योनोव नामका एक बहुत अमीर व्यापारी रहता था। कस्बे में एक वैज्ञानिक भी रहता था। वह सेम्योनोव का अच्छा मित्र था। सेम्योनोव जब भी कोई नया कार्य प्रारम्भ करता, अपने वैज्ञानिक मित्र से उस कार्य के विषय में सलाह-मशविरा अवश्य करता। वैज्ञानिक अपने इस मित्र को सदैव सही और उचित सलाह देता, जिससे सेम्योनोव को लाभ ही होता।

एक दिन सेम्योनोव के पास लापतेव नामका कस्बे का एक किसान आया और बोला—"सेम्योनोव, मैं अपने नदी के किनारे वाले खेत बेचना चाहता हूँ। तुम खरीद लो, क्योंकि मुझे एक हजार रूबल (रुपये) की सख्त जरूरत है।"

सेम्योनोव कुछ सोचने लगा, फिर बोला—"लेकिन एक हजार रूबल तो बहुत अधिक हैं। मैं इतनी कीमत नहीं दे सकता।"

"सेम्योनोव, वे खेत बहुत अच्छे हैं। मैं कम में उन्हें नहीं बेचूँगा। आप सोचकर कल मुझे बताइये, जिससे मैं किसी और से बात कर सकूँ।"

सेम्योनोव काफी देर तक सोचता रहा, फिर बोला—"अच्छा मैं कल इस विषय में तुमसे बात करूँगा।"

लापतेव चला गया। उसके जाने के बाद सेम्योनोव अपने वैज्ञानिक मित्र के पास पहुँचा और लापतेव के खेतों के विषय में उसे बताया। वैज्ञानिक बोला—"आओ चलकर पहले खेतों को देख लिया जाए। यदि उनकी मिट्टी उपजाऊ नजर आए तो खरीदने में कोई नुकसान नहीं है।"

सेम्योनोव वैज्ञानिक के साथ नदी के किनारे लापतेव के खेत देखने जा पहुँचा। वैज्ञानिक ने गम्भीरतापूर्वक खेतों का निरीक्षण किया, फिर खुश होता हुआ बोला—"सेम्योनोव, इन खेतों को खरीदने से तुम्हें लाखों रूबल

का लाभ होगा। चूको नहीं, तुरन्त खरीद लो।"

"मैं समझा नहीं तुम्हारी बात।" सेम्योनोव बोला।

"अरे इनके अन्दर सोने का भण्डार छुपा हुआ है। लापतेव से बिना मोलभाव किए तुम इन्हें खरीद लो...समझे।"

वैज्ञानिक मित्र की बात सुनकर सेम्योनोव खुशी से उछल पड़ा। वह उसी समय वैज्ञानिक के साथ सीधे लापतेव के पास गया और बोला—"लापतेव, मैंने तुम्हारे खेत देख लिए हैं। मुझे सौदा मंजूर है। तुम अभी मेरे साथ चलकर लिखा-पढ़ी कर लो और रुपये ले लो।"

लापतेव तो पहले से ही तैयार था। उसने लिखा पढ़ी करके एक हजार रूबल लेकर खेतों का अधिकार सेम्योनोव को सौंप दिया।

सेम्योनोव ने दूसरे दिन से ही कई मजदूर लगाकर खेतों की खुदाई का काम शुरू करवा दिया। एक महीने तक लगातार खुदाई का काम चलता रहा, लेकिन सोने का कहीं नामो-निशान सेम्योनोव को दिखाई नहीं पड़ा। सेम्योनोव निराश होने लगा।

लेकिन फिर भी उसने खुदाई का काम जारी रखा। कुछ दिन और बीत गए। सेम्योनोव को सोने के एक कण तक के दर्शन नहीं हुए। वह मन

ही मन वैज्ञानिक को भला-बुरा कहने लगा। उसका धैर्य अब एकदम चुक गया। उसने खुदाई का कार्य बन्द करवा दिया। अब वह उन खेतों को बेचने के विषय में सोचने लगा। उसने लोगों से इस विषय में बात भी की।

एक दिन मकान बनाने का ठेका लेने वाला एक साधारण-सा ठेकेदार उसके पास आया और बोला–"सेम्योनोव, सुना है; तुमने लापतेव के जो खेत खरीदे थे, अब उन्हें बेचना चाहते हो।"

"हाँ बेचना तो चाहता हूँ, लेकिन कोई खरीददार मिले तब न।" सेम्योनोव उदास स्वर में बोला।

"बोलो, कितनी कीमत चाहते हो?"

"एक हजार रुबल ही दे दो...बस। मजदूरों को दिया गया पैसा मैं न मांगूँगा। क्योंकि मैं समझता हूँ यह घाटा तो मेरी किस्मत में था।"

दोनों में सौदा तय हो गया। ठेकेदार ने खेत खरीद लिए। उसने दस मजदूर लगाकर आगे खुदाई शुरू करवा दी। मुश्किल से आधा दिन खुदाई के बाद ही ठेकेदार को वहाँ सोने का भण्डार मिल गया। उसकी आँखें चमक उठीं। खुशी से वह फूला नहीं समाया।

थोड़ी देर में यह समाचार सेम्योनोव को ज्ञात हुआ। वह दौड़ा हुआ

वहाँ आया। उदास स्वर में ठेकेदार से वह बोला–"ठेकेदार तुम भाग्यशाली हो। मैं तो अभागा था, नहीं तो यह सोना मुझे ही मिलता।"

इतना कहकर उदास नजरों से वह सोने के भण्डार को देखने लगा। तभी उसे वैज्ञानिक की आवाज सुनाई पड़ी। "सेम्योनोव, तुम में धैर्य की कमी थी, इसीलिए तुम इस सोने से वंचित हुए। यदि तनिक भी धैर्य से काम लेते तो आज क्यों पछताते। इसमें भाग्य को दोष देना गलत है।"

"तुम ठीक कह रहे हो। मुझमें वास्तव में धैर्य की कमी थी।" उदास स्वर में सेम्योनोव बोला और चुपचाप वहाँ से चला गया।

पुरस्कार

सैकड़ों साल पहले की बात है। जोधपुर राज्य में लोनी नदी के किनारे दूनाड नामका एक गाँव था। एक दिन आधी रात के समय नदी पारकर कुछ घुड़सवार गाँव में आए। वे आम के एक पेड़ के पास आकर रुक गये। आम का यह पेड़ उस गाँव के प्रसिद्ध व्यक्ति आसकरण राठौर के घर से थोड़ी ही दूर पर था। आसकरण जोधपुर के महाराजा यशवन्त सिंह के दरबार में नौकर थे और जोधपुर में ही रहते थे। लेकिन उनका परिवार उन दिनों गाँव में रह रहा था।

घोड़ों से उतरकर जब वे घुड़सवार अपने अपने घोड़ों को पेड़ की डालों से बाँध रहे थे तब उनमें से एक घोड़ा जोरों से हिनहिना उठा। जाड़े की ठण्ड भरी रात थी। आसकरण का किशोर लड़का घर के बाहर चौपाल में सोया हुआ था। घोड़े की हिनहिनाहट से उसकी नींद खुल गयी। पेड़ के पास कुछ लोगों को एकत्रित देखकर वह उठकर बैठ गया। उसने सिरहाने रखी अपनी तलवार उठायी और चौपाल से बाहर आ गया।

चाँदनी रात थी, अतः उसने स्पष्ट रूप से उन लोगों को देखा। उसे यह समझते देर न कि लगी पेड़ के पास एकत्रित लोग लुटेरे हैं और गाँव लूटने के उद्‌देश्य से वहाँ इकट्‌ठा हुए हैं। पहले तो उसने सोचा कि घरवालों को जगाकर लुटेरों की सूचना दे दे, लेकिन यह सोचकर कि दरवाजे की सांकल खटखटाने से लुटेरे सतर्क हो जाएँगे, उसने घरवालों को जगाने का विचार त्याग दिया।

अब वह एक ऐसे स्थान में छुप जाना चाहता था, जहाँ से लुटेरों की गतिविधियों को देख सके। उसका ध्यान पास ही गिरे पड़े एक घर के खण्डहर की ओर गया। उसमें ही छुपना उसने उचित समझा। वह जल्दी से अपनी चौपाल से निकला और खण्डहर में जाकर छुप गया। थोड़ी देर बाद

घोड़ों को पेड़ की डालों से बाँधकर घरों को लूटने के लिए लुटेरे गाँव के अन्दर चले गये।

कुछ देर बाद ही उस लड़के को गाँव के अन्दर से लोगों के चीखने-पुकारने की आवाजें सुनाई पड़ने लगीं। वह समझ गया कि लुटेरों ने घरों को लूटना प्रारम्भ कर दिया है। कुछ देर तक तो वह बैठा लोगों की चीख-पुकार सुनता रहा, लेकिन कुछ देर बाद वह उठ खड़ा हुआ। वह उस आम के पेड़ की ओर बढ़ा। उसने अपनी तलवार मजबूती से पकड़ रखी थी।

पेड़ के पास पहुँचकर जब उसने देखा कि घोड़ों की सुरक्षा के लिए वहाँ कोई लुटेरा नहीं है, तब वह बहुत प्रसन्न हुआ क्योंकि अब उसे अपनी योजना सफल होती हुई मालूम हो रही थी।

उसने तलवार से पेड़ की डाल में बंधी एक घोड़े की रस्सी को काट दिया। फिर रस्सी पकड़कर वह उस घोड़े को लेकर दूसरे घोड़े के निकट पहुँचा। उसने तलवार से दूसरे घोड़े की रस्सी को भी डाल से काट दिया और

उन दोनों की रस्सियाँ आपस में बाँध दी। अब वह रस्सी पकड़कर उन दोनों घोड़ों को लेकर तीसरे घोड़े के पास पहुँचा। उस घोड़े की रस्सी भी डाल से काटकर उसने उन दोनों के साथ जोड़ दी। इस प्रकार उसने उन सभी घोड़ों

को एक साथ बाँध दिया।

अब वह उन सभी को हाँककर नदी की ओर ले चला। चूँकि थोड़ी देर पहले घोड़े उसी रास्ते से गाँव में आए थे, इसलिए उसके हाँकने पर इधर-उधर न भागकर वे सीधे नदी की ओर ही बढ़ने लगे। हाँकते हुए उसने घोड़ों को नदी के उस पार कर दिया। नदी पार करते समय उसके कपड़े गीले हो गये, जिससे उसे बहुत जोरों से ठण्ड लगने लगी। लेकिन ठण्ड की परवाह किए बिना वह घोड़ों को नदी के उस पार काफी दूर तक खदेड़ ले गया।

जब उसने देखा कि अब घोड़े वापस नहीं लौटेगें तब वह वापस लौट पड़ा। समय भी काफी हो गया था। अब वह जल्दी से जल्दी उस खण्डहर में पहुँच जाना चाहता था। उसने जल्दी जल्दी नदी पार की और गीले कपड़ों में ठिठुरते हुए उस खण्डहर में आकर छुप गया। लुटेरे अभी भी गाँव वालों को लूटने में जुटे हुए थे।

लुटेरे बहुत देर तक निश्चिन्त भाव से गाँव वालों को लूटते रहे। अन्त में लूट का सारा माल लेकर वे पेड़ की ओर लौट पड़े। लेकिन जैसे ही वे

गाँव से निकलकर पेड़ की ओर बढ़े, वह किशोर तेजी से खण्डहर से बाहर निकल आया। वह तेज कदमों से गाँव के अन्दर गया और गाँव वालों को ललकारते हुए बोला, "गाँव वालो, आप लोग जल्दी से इकट्ठा होकर लुटेरों का पीछा करो। आप सभी उनसे लूटा हुआ माल ही नहीं छीन सकोगे, अपितु यदि साहस करोगे तो उन्हें पकड़ भी सकोगे। मैंने लुटेरों के घोड़ों को भगा दिया है। अब उन्हें स्वयं भागकर अपने प्राण बचाना कठिन होगा। आप लोग जल्दी करें, जिससे वे भागने न पाएँ।"

किशोर की ललकार सुनकर साहसकर कुछ युवक भाले और तलवारें लेकर घरों से बाहर निकल आए। उस किशोर ने दोबारा गाँव वालों को लुटेरों का पीछा करने के लिए ललकारा। इस बार कुछ और लोगों ने साहस किया, और भाले-तलवारें लेकर घरों से बाहर आ गये। उन सभी को लेकर किशोर उस पेड़ की और बढ़ा।

इधर लूट का माल लेकर जब लुटेरे पेड़ के पास पहुँचे तब उन्होंने घोड़ों को नदारत पाया। वे लोग घबड़ाये। उन लोगों ने इधर उधर नजरें दौड़ाकर देखा, लेकिन चाँदनी रात होते हुए भी उन्हें दूर-दूर तक घोड़े नहीं दिखाई पड़े। वे लोग नहीं सोच पा रहे थे कि अब लूट का माल किस पर लाद कर ले जाएँ। एकाध लुटेरे ने सुझाव दिया कि गाँव के किसानों के ऊँट और घोड़ों को भी लूट लिया जाय, जिससे लूट का माल ले जाया जा सके।

लुटेरे इस विषय में विचार कर ही रहे थे कि उन्हें गाँव की ओर से जन-समूह आता हुआ दिखाई पड़ा। अब उनको लूट का माल बचाने से अधिक अपने प्राण बचाना आवश्यक प्रतीत हुआ। लूटे हुए माल में से कुछ कीमती माल लेकर वे नदी की ओर भागे। शेष समान उन्होंने वहीं छोड़ दिया। गाँव वालों ने उनका पीछा किया।

वे अधिक दूर तक नहीं भाग पाये। नदी के निकट पहुँचने से पहले ही गाँव वालों ने लुटेरों को घेर लिया। लुटेरों ने लड़ने के लिए तलवारें निकाल ली; लेकिन गाँव वालों का सामना वे अधिक देर तक नहीं कर पाये। गाँव वालों ने उन सभी को पकड़ लिया।

दूसरे दिन सुबह गाँव वाले उन लुटेरों को जोधपुर के महाराजा यशवन्त सिंह के पास ले गये। वह किशोर भी उनके साथ था। गाँव वालों

ने उसकी बुद्धि और वीरता की प्रशंसा करते हुए महाराजा यशवन्त सिंह से पूरी घटना कह सुनाई। उन लोगों ने यह भी बता दिया कि वह किशोर आसकरण राठौर का पुत्र है, जो महाराजा के यहाँ सेनापति हैं।

उसी समय दरबार में आसकरण राठौर भी आ गये। किशोर ने आगे बढ़कर पिता को प्रणाम किया और एक ओर खड़ा हो गया। महाराजा यशवन्त सिंह बोले—"आसकरण मैं आपके पुत्र के वीरतापूर्ण कार्य से बहुत प्रसन्न हूँ। अतः आपको पुरस्कार देना चाहता हूँ। आप जो कुछ भी माँगेंगे, मिलेगा।"

पहले तो आसकरण यही नहीं समझ पाये कि बात क्या है! लेकिन जब उन्हें पूरी बात का पता चला तब वह भी अपने पुत्र की बुद्धिमानी और वीरतापूर्ण कार्य से बहुत प्रसन्न हुए। उन्होंने महाराजा से कहा—"महाराज, पुरस्कार का वास्तविक अधिकारी तो मेरा यह पुत्र दुर्गादास है। आप जो भी पुरस्कार देना चाहें, इसे ही प्रदान करें।"

आसकरण के उत्तर से महाराज यशवन्त सिंह और भी अधिक प्रसन्न हुए। उन्होंने दुर्गादास को जोधपुर में ही रोक लिया और राज्य की ओर से उसकी शिक्षा आदि का प्रबन्ध कर दिया। उन्होंने उन सभी लुटेरों को कारागार में डाल दिया।

बाद में यही किशोर दुर्गादास जोधपुर का सेनापति बना और दुर्गादास राठौर के नाम से विख्यात हुआ। महाराजा यशवन्त सिंह की मृत्यु के बाद जब औरंगजेब उनके नन्हें पुत्र अजीत सिंह को कैद करके जोधपुर पर अधिकार करना चाहता था तब दुर्गादास ने प्राणपण से अजीत सिंह का पालन-पोषण किया था और उसे जोधपुर का राजा बनाया था। इसीलिए इतिहास में दुर्गादास राठौर का नाम अमर है।

बूढ़े की बात

कानपुर शहर की बात है। उस दिन गर्मी कुछ अधिक थी। घर के अन्दर अज्जो का दम घुट रहा था। उसने गुड़ियों का छोटा-सा पिटारा सम्भाला और छत पर जा पहुँची। उसे कुछ राहत मिली। वह गुड़ियों को एक कोने में सजा ही रही थी कि तभी उसे नीचे गली में किसी के चीखने और रोने की आवाज सुनाई पड़ी।

उसने नीचे झाँककर देखा। एक अंग्रेज एक बूढ़े आदमी को बेंत से लगातार पीटता जा रहा था और कहता जा रहा था—"तुम 'इण्डियन' ऐसे

नई मानेगा। टुमको यह सजा भी कम हय।"

पीड़ा बर्दाश्त नहीं हुई तो बूढ़ा मुँह के बल गिर पड़ा। अज्जो यह सब सहन नहीं कर सकी। लेकिन वह नहीं सोच पा रही थी कि अत्याचारी अंग्रेज

से बूढ़े को कैसे बचाए। तभी उसके दिमाग में एक बात आयी। उसके पैरों के पास ईंट का छोटा-सा टुकड़ा पड़ा हुआ था। उसने उसे अंग्रेज पर निशाना साधकर नीचे फेंक दिया।

ईंट का टुकड़ा अंग्रेज के सिर पर लगा। अंग्रेज था गंजा। ऊँचाई से आए टुकड़े की चोट वह सहन नहीं कर पाया। बूढ़े को मारना भूलकर वह अपना सिर थामकर बैठ गया। अज्जो मुंडेर की ओट से उसे देखती रही। थोड़ी देर बाद उसने देखा कि बूढ़े को वहीं छोड़कर अंग्रेज बिना इधर-उधर देखे भाग खड़ा हुआ।

अज्जो जल्दी से नीचे आयी और सारी बातें अम्मी को बताने के बाद बोली, "अम्मीजान, उस बूढ़े को हम लोग यहाँ ले आएँ, नहीं तो वह मर जायेगा।"

अम्मी काफी देर तक कुछ सोचती रहीं फिर बोलीं–"अज्जो, जा हकीम काका को बुला ला।"

अज्जो हकीम काका को बुलाने चली गयी। थोड़ी देर बाद वह उन्हें साथ लेकर लौटी। हकीम काका ने बूढ़े को देखा, फिर घावों में लगाने और खाने की दवा देकर चले गये। दो दिन में वह बूढ़ा काफी स्वस्थ हो गया।

अज्जो यह जानने के लिए उत्सुक थी कि वह बूढ़ा कौन है और अंग्रेज उसे क्यों मार रहा था? बूढ़ा कुछ और स्वस्थ हुआ तो वह पूछ बैठी–"बाबा, वह अंग्रेज आपको क्यों मार रहा था?"

काफी देर तक तो बूढ़ा चुप रहा, फिर दुखी स्वर में बोला–"बेटी, मैं इसी कानपुर शहर के एक गाँव का रहने वाला गरीब ब्राह्मण हूँ। इस अंग्रेज अफसर के यहाँ बावर्ची का काम करता था। बहुत दिनों से गाँव नहीं गया था। एक दिन मेरे एक साथी ने आकर बताया कि मेरा बेटा सख्त बीमार है। उसे देखने जाने के लिए मैंने परसों इससे छुट्टी माँगी। लेकिन इसने मना कर दिया। मेरा मन बेटे को देखने के लिए तड़प रहा था। इसलिए मैंने काम करने से इन्कार कर दिया और आज जब यह दफ्तर में था, मैं गाँव के लिए चल पड़ा। किसी ने इसे जाकर बता दिया और इसने यहाँ आकर मुझे पकड़ लिया। आगे क्या हुआ, वह तुमने देख ही लिया है बेटी।"

"बाबा, गरीबी बहुत बुरी होती है। उस अंग्रेज के यहाँ आप गरीबी

के कारण ही नौकरी करते थे न!" अज्जो ने भोलेपन से पूछा।"

"नहीं बेटी, गरीबी से भी अधिक बुरी होती है गुलामी। ये अंग्रेज हम लोगों को गुलाम समझते हैं।" दुखी-स्वर में बूढ़े ने कहा।

एक दिन और ठहरकर बूढ़ा आदमी अपने गाँव चला गया। लेकिन अज्जो प्रतिदिन उसी विषय में सोचती रहती थी। उसने निर्णय किया कि एक दिन बड़ी होकर वह अंग्रेजों को देश से मार भगायेगी। किसी को गुलाम नहीं रहने देगी।

आखिर सन् 1857 ई. में प्रथम स्वतन्त्रता संग्राम के समय उसे अपना स्वप्न पूरा करने का अवसर मिल ही गया। कानपुर में जब नाना साहब का अंग्रेजों के साथ घमासान युद्ध हो रहा था, अज्जो नाना साहब का दाहिना हाथ बनी हुई थी। उसका घर स्वतन्त्रता सेनानियों का गढ़ बन गया था। अंग्रेज उसके नाम से ही थर्राने लगे थे। लेकिन अज्जो ने इस युद्ध में वीरगति पाई और वह इतिहास में अजीजन के नाम से अमर हो गयी।

कैसी रोशनी

वीरभद्र के पिता सोनभद्र सूरजगढ़ की सेना में सैनिक थे। उस समय सूरजगढ़ में समर सेन नामक राजा राज्य कर रहा था। समर सेन ईर्ष्यालु, क्रूर तथा लालची था। वह अपने पड़ोसी राज्य किशनगढ़ के राजा से जलता था और किशनगढ़ को अपने अधिकार में करना चाहता था। उसने एक बार विशाल सेना लेकर किशनगढ़ पर आक्रमण कर दिया। भयंकर युद्ध हुआ। दोनों ओर के हजारों सैनिक मारे गये। लेकिन समरसेन फिर भी किशनगढ़ पर अधिकार नहीं कर पाया। वह निराश होकर लौट आया।

इसी युद्ध में वीरभद्र के पिता सोनभद्र भी मारे गये। उस समय वीरभद्र केवल बारह वर्ष का था। पिता की मृत्यु से वह बहुत दुखी हुआ। वह इस बात से भी दुखी हुआ कि राजा की सनक के कारण हजारों निर्दोष सैनिक मारे गये। लेकिन समरसेन को इस बात का तनिक भी दुख न था। उसे तो केवल एक ही बात का दुख था कि वह किशनगढ़ पर अधिकार नहीं कर पाया।

लगभग एक वर्ष बाद उसने पुनः बहुत बड़ी सेना लेकर किशनगढ़ पर आक्रमण कर दिया। एक सप्ताह तक भयंकर युद्ध हुआ। लेकिन इस बार किशनगढ़ के सैनिकों के पैर उखड़ गये। उनकी पराजय हुई और किशनगढ़ पर समरसेन का अधिकार हो गया। उसने वहाँ के राजा द्युमत्सेन को कैद कर लिया। वह विजयोल्लासपूर्वक सूरजगढ़ वापस लौटा। लौटते ही उसने ढिंढोरा पिटवाया कि चौथे दिन उसकी इस विजय की खुशी में राज्य भर में उत्सव मनाया जाए। उस दिन राज्य का प्रत्येक व्यक्ति अपने घर को सजाये और रात में घर में रोशनी करे। यदि किसी ने ऐसा न किया तो उसे कठोर दण्ड दिया जायेगा।

राजा की आज्ञा सुनते ही लोग अपने-अपने घरों को सजाने में जुट

गये। चौथे दिन सूरजगढ़ स्वर्ग की भाँति सजा हुआ था। सारे दिन खूब उत्सव मनाया गया। रात में सभी ने अपने घरों को दीपकों से सजा दिया, जिससे सूरजगढ़ जगमगा उठा। लेकिन पूरे राज्य में एक घर ऐसा भी था, जो न सजाया गया था और में ही उसमें रोशनी की गई थी। वह था वीरभद्र का घर।

रात में समरसेन नगर की शोभा देखने निकला। सर्वत्र घरों को रोशनी में जगमगाता देख वह खुशी से फूला न समा रहा था। घूमता हुआ वह वीरभद्र के घर की ओर आ निकला। जैसे ही उसकी दृष्टि अन्धकार में डूबे उस घर की ओर गई, वह क्रोध से फुंकार उठा। घर के ठीक सामने रुककर चीखते हुए उसने साथ चल रहे अपने मन्त्री से पूछा—"यह किसका घर है?"

मन्त्री कुछ उत्तर दे, इससे पूर्व ही वीरभद्र राजा के सामने आया और विनम्रता पूर्वक बोला...''महाराज यह मेरा घर है।"

"तुम कौन हो? तुमने घर को क्यों नहीं सजाया? रोशनी क्यों नहीं की? मालूम है इसकी सजा क्या है?"

"महाराज मैं वीरभद्र हूँ, सोनभद्र का पुत्र; जो आपकी सेना में थे और

किशनगढ़ के साथ हुए पिछले युद्ध में मारे गये थे। महाराज, मुझे मालूम है कि घर को न सजाने और रोशनी न करने की सजा है मृत्यु। लेकिन महाराज, पिछले और इस युद्ध में जो सैनिक मारे गये हैं और जिनके बच्चे मेरी तरह अनाथ हो गये हैं; क्या आप जानते हैं उन लोगों के दिलों में क्या है? उन लोगों के दिलों में अन्धकार छाया हुआ है, महाराज। भले ही आपके भय से इन लोगों ने घरों के बाहर रोशनी कर रखी हो।" वीरभद्र दुखी स्वर में बोला।

वीरभद्र की बात सुनकर समरसेन एकदम से गम्भीर हो गया। बिना कुछ बोले वह तुरन्त राजमहल वापस लौट गया। दूसरे दिन उसने किशनगढ़ के राजा द्युमत्सेन को कारागार से मुक्त कर दिया और उसे किशनगढ़ वापस कर दिया। उसने वीरभद्र को बुलाकर पुरस्कार दिया और राज्य की ओर से उसके पढ़ने आदि की व्यवस्था कर दी। उसके बाद उसने किसी दूसरे राज्य पर कभी आक्रमण नहीं किया। वह पूर्ण मनोयोग से अपनी प्रजा को सुखी बनाने में जुट गया, जिसका परिणाम यह हुआ कि थोड़े ही दिनों में सूरजगढ़ की प्रजा सुखी हो गयी।

बीमार राजकुमार

एक नगर का राजा बहुत कठोर, अविवेकी तथा क्रोधी था। लेकिन मन्त्री अत्यन्त सरल, बुद्धिमान तथा चतुर व्यक्ति था।

राजा अपने पुत्र चन्द्रसेन को बहुत प्यार करता था। एक बार चन्द्रसेन जंगल में शिकार खेलने गया। शिकार खेलकर घर लौटते समय जोरों की वर्षा शुरू हो गयी। काफी समय तक तो पेड़ों के नीचे रुका रहा, किन्तु वर्षा इतनी तेज थी कि पेड़ों के नीचे भी वह अपने को भीगने से नहीं बचा सका। आकाश में काले-काले बादलों के कारण जंगल में शाम के वक्त ही रात जैसा घना अन्धकार हो गया था। उसे जंगल में रात बिताने के लिए सुरक्षित जगह दिखाई नहीं दी। अतः चन्द्रसेन ने भीगते हुए ही घर लौटने का निर्णय किया। घोड़े पर सवार होकर वह अपने घर की तरफ चल पड़ा।

रास्ते भर भीगते रहने के कारण ठण्ड से वह काँपने लगा और अपने महल तक पहुँचते-पहुँचते काफी बीमार हो गया।

राजा ने सेवक भेजकर राजवैद्य को बुलवाया, लेकिन राजवैद्य उस समय घर पर नहीं थे। सेवक ने आकर राजा को बताया कि वैद्यजी किसी मरीज का इलाज करने के लिए बाहर गये हुए हैं। सेवक का उत्तर सुनकर राजा बौखला उठा और उसने आदेश दिया कि मिलते ही राजवैद्य का सिर धड़ से अलग कर दिया जाय।

उसके बाद राजा ने पूरे राज्य में घोषणा करवाई कि जो व्यक्ति राजकुमार चन्द्रसेन को ठीक कर देगा, उसे दस हजार स्वर्ण मुद्राएँ दी जाएँगी।

राजा द्वारा राजवैद्य को सुनाई गई मौत की सजा सुनकर पास ही खड़ा मन्त्री भय से काँप उठा था। वह राजवैद्य के गुणों से परिचित था और जानता था कि राजकुमार चन्द्रसेन को केवल राजवैद्य ही ठीक कर सकते हैं। दूसरे की बस की बात नहीं कि वह उनका इलाज कर सके।

कुछ देर तक सोचने के बाद मन्त्री ने अपने दो विश्वस्त तथा होशियार सेवकों को राजवैद्य को खोजकर लाने के लिए भेजा।

दोनों सेवक आधी रात तक राजवैद्य को खोजते हुए इधर-उधर भटकते रहे। अन्ततः आधी रात के समय उन लोगों को पता चला कि राजवैद्य कहाँ हैं। वे दोनों खोजते हुए उस झोपड़ी के सामने पहुँचे, जहाँ राजवैद्य एक गरीब बीमार व्यक्ति का इलाज कर रहे थे। सेवकों ने राजवैद्य को राजकुमार चन्द्रसेन की बीमारी के विषय में बताया। राजवैद्य ने कुछ देर ठहरकर चलने के लिए कहा, क्योंकि उस मरीज का उपचार अभी पूरा नहीं हुआ था। अभी उसे कुछ और दवाइयाँ बनाकर उन्हें देनी थी।

राजवैद्य के ठहरकर चलने की बात कहने पर सेवकों ने उन्हें राजा का निर्णय सुनाया। निर्णय सुनकर मुस्कराते हुए राजवैद्य ने कहा—"मैं तो अपने कर्तव्य को निभाऊँगा। चिन्ता करने की बात नहीं है। अभी मुझे इस मरीज के लिए एक दवा बनानी है। इसलिए तुम लोग चलकर मन्त्री को मेरे सुबह तक पहुँचने के विषय में बता देना।" राजवैद्य का उत्तर सुनकर दोनों सेवक लौट गये।

दूसरे दिन सुबह राजदरबार में एक साधू आया और राजा से बोला—"मैं राजकुमार का इलाज करना चाहता हूँ।"

राजा ने कहा—"ठीक है, इलाज करो, लेकिन यदि लाभ के स्थान पर हानि हुई तो तुम्हारी मौत निश्चित है।"

साधू मन ही मन मुस्कराया। उसने राजकुमार का इलाज शुरू कर दिया। दवा ने रामवाण जैसा असर किया। दो दिन में ही राजकुमार चन्द्रसेन पूर्णतः ठीक हो गया।

राजा प्रसन्न हो साधू को दस हजार स्वर्ण मुदाएँ देने लगा। इस पर साधू ने अपने गेरुवे वस्त्र उतार फेंके। नकली दाढ़ी भी उतार दी। यह

देखकर राजा तथा वहाँ उपस्थित अन्य दरबारी आश्चर्य से चकित रह गये, क्योंकि साधू वेशधारी राजवैद्य थे, कोई और नहीं।

इस पर मन्त्री ने राजा से कहा—"महाराज क्रोध सदैव हानिकारक होता है। यदि आपके आदेश से राजवैद्य का वध कर दिया गया होता, तो क्या राजकुमार ठीक हो पाते?"

मन्त्री की बात सुनकर राजा बहुत अधिक शर्मिन्दा हुआ। उस दिन के बाद उसने क्रोध करना छोड़ दिया।

भूरा किसान

रामनगर में अमरपाल नाम के राजा राज्य करते थे। वह कुछ विलासी प्रवृत्ति के थे, इसलिए उन्होंने राज्य का सारा कार्यभार अपने मन्त्री तथा सेनापति के हाथों में सौंप रखा था, जिससे प्रजा बहुत दुखी थी। दरबारी और सामन्त प्रजा पर मनमानी करते रहते थे। उन्हें तरह-तरह से सताया करते थे। जब भी कोई सताया हुआ व्यक्ति राजा से मिलना चाहता, मन्त्री और सेनापति उसे मिलने ही न देते। इससे राजा को प्रजा की स्थिति की जानकारी नहीं हो पाती थी।

एक बार की बात है। महाराज शिकार खेलकर लौट रहे थे। उनके साथ सेनापति तथा कुछ सैनिक भी थे। जैसे ही उनका घोड़ा नगर के निकट पहुँचा, किसानों का एक छोटा-सा दल उन्हें मार्ग में खड़ा नजर आया।

महाराज ने घोड़े को रोका और आश्चर्यचकित होकर उन लोगों को देखने लगे। वह कभी किसानों को देखते तो कभी सेनापति की ओर। वह नहीं समझ पा रहे थे कि मामला क्या है! वह यह सब सोच ही रहे थे कि किसानों के दल में से एक किसान आगे बढ़कर आया। वह दल का नेता था और उसका नाम था भूरा। भूरा हाथ जोड़कर बोला—"महाराज, हम गरीबों पर कृपा करें। हम लोग बहुत सताये जा रहे हैं।"

वह आगे कुछ कहे, इससे पहले ही सेनापति के इशारे पर सैनिक आगे बढ़े और उन्होंने भूरा को पीटना शुरू कर दिया। भूरा को पिटता देखकर दूसरे किसान उसे बचाने के लिए आगे बढ़े, लेकिन सैनिकों ने उन्हें भी मारना शुरू कर दिया।

महाराज अमरपाल की समझ में कुछ भी नहीं आ रहा था। तभी सेनापति आगे बढ़ा और उनसे बोला—"महाराज ये किसान बहुत धूर्त हैं। इनके इरादे अच्छे नहीं थे। ये आप पर आक्रमण करना चाहते थे। अब आप शीघ्रता करें। मेरे साथ आएँ। इनके दूसरे साथी आप पर आक्रमण करें, इससे पहले ही मैं आपको महल में सुरक्षित पहुँचा देना चाहता हूँ।"

महाराज को सेनापति की बात पर विश्वास हो गया। उन्होंने अपने को असुरक्षित समझकर वहाँ से हट जाना उचित समझा। वह सेनापति के साथ चले गये। इधर सैनिकों ने किसानों को मार-मारकर अधमरा कर दिया और उन्हें वहीं लहूलुहान छोड़कर वे चले गये।

इसके बाद लगभग एक वर्ष बीत गया। एक दिन सेनापति कुमारसेन महाराज के पास आया और बोला—"महाराज लगभग एक वर्ष बीत गया, आप शिकार खेलने नहीं गये। यदि...।"

महाराज भी शिकार खेलने जाना चाहते थे। सेनापति की बात सुनकर वह तैयार हो गये। योजना बन गयी और दूसरे दिन सेनापति के साथ महाराज शिकार खेलने के लिए चल पड़े। जिस जंगल में शिकार के लिए वह गये, वह रामनगर से बहुत दूर था। अतः सेनापति ने साथ में कुछ सैनिकों को भी ले लिया, जो भोजन आदि लेकर चले।

जंगल में पहुँचकर महाराज को एक हिरण दिखाई पड़ा। उन्होंने अपना घोड़ा उसके पीछे दौड़ा दिया। हिरण कुलाचें भरता हुआ भाग खड़ा

हुआ। लेकिन महाराज भी थे कि उसको मार गिराना आते थे। अतः लगातार वह हिरण का पीछा करते रहे। उन्होंने इस ओर भी ध्यान नहीं दिया कि हिरण का पीछा करते हुए वह कहाँ और कितनी दूर आ गये हैं और सेनापति तथा सैनिक उनसे कितना पीछे रह गये हैं।

वह लगातार हिरण का पीछा करते रहे। हिरण कभी इधर तो कभी उधर उन्हें दौड़ाता रहा। अन्त में वह दौड़ता हुआ मैदान में पहुँचा। महाराज ने अपने घोड़े की गति कुछ और तेज कर दी और चाहा कि मैदान में ही वह हिरण को मार गिराएँ। लेकिन मैदान में आकर हिरण ने भी अपनी गति तेज

कर दी थी। अब वह महाराज की पहुँच से और भी अधिक दूर हो गया था। मैदान भी कोई अधिक लम्बा न था। थोड़ी देर बाद ही महाराज को एक पहाड़ी सी दिखाई पड़ी और देखते-ही-देखते हिरण पहाड़ी की ओट में जाकर उनकी आँखों से ओझल हो गया।

हिरण के ओझल होते ही महाराज का मन बहुत खिन्न हो गया। उन्होंने घोड़ा रोका और विश्राम करने के लिए वे पहाड़ी के नीचे एक स्थान पर बैठ गये। अब उन्हें महसूस हुआ कि हिरण का पीछा करते-करते वह

थक ही नहीं गये, बल्कि उन्हें बहुत जोरों की प्यास भी लग आयी है। प्यास का आभास होते ही उनका मन बेचैन हो उठा। वह समझ रहे थे कि सेनापति की प्रतीक्षा करना व्यर्थ है। अतः घोड़े पर सवार होकर उन्होंने स्वयं पानी की तलाश करना उचित समझा। पानी की तलाश में वह इधर-उधर भटकने लगे, लेकिन उन्हें न तो पहाड़ी से निकलता हुआ कोई झरना नजर आया और न ही जंगल में कोई तालाब। जैसे-जैसे समय बीतता जा रहा था, उनकी प्यास बढ़ती जा रही थी। उन्हें तो ऐसा लगने लगा कि अब प्यास से तड़प-तड़प कर उस जंगल में उनकी मृत्यु निश्चित हो जायेगी।

लेकिन फिर भी वह पानी की तलाश में आगे बढ़ते रहे। वह सेनापति और सैनिकों के मिलने की आशा भी त्याग चुके थे और यह नहीं समझ पा रहे थे कि भटकते हुए वह कहाँ आ गये हैं। अब तक समय काफी बीत चुका था। प्यास की तीव्रता के कारण उनका गला सूखने लगा था। उन्हें चक्कर-सा आने लगा और उनके लिए अब आगे बढ़ना कठिन प्रतीत होने लगा। उनका घोड़ा भी काफी थक चुका था और वह भी प्यासा होने के कारण कठिनाई से आगे बढ़ पा रहा था।

महाराज की शक्ति जब पूर्णतया जवाब दे गयी तब वह एक पेड़ के नीचे अर्द्धमूर्छित-से बैठ गये। उन्हें लगने लगा कि उनकी मृत्यु निश्चित है। वह प्राणों की ओर से निराश अपने दुर्भाग्य को कोस ही रहे थे कि तभी उन्हें एक व्यक्ति उधर आता दिखाई पड़ा। उन्होंने सूखे गले से भर्रायी आवाज में उसे पुकारा। उस व्यक्ति की दृष्टि जैसे ही महाराज पर पड़ी, वह दौड़ता हुआ उनके पास आया और उन्हें प्रणाम कर खड़ा हो गया। महाराज उसे पहचान नहीं पाये। वह भूरा किसान था। उसने महाराज को पहचान लिया।

अत्यन्त मन्द स्वर में रुक-रुककर महाराज ने उससे कहा—"भाई, प्यास से प्राण निकलने वाले हैं। थोड़ा सा पानी... ।" आगे वह कुछ नहीं कह पाये। प्यास के कारण उनकी जीभ तालू से चिपक गयी।

"महाराज, आप घबड़ायें नहीं। मेरे पास पानी है।" भूरा ने पानी का बर्तन महाराज की ओर बढ़ा दिया। पानी देखकर महाराज की आँखों में चमक आ गयी। उन्होंने बर्तन लिया और गटागट पूरा बर्तन खाली कर दिया।

"ओह, तुमने मुझ पर बहुत बड़ा उपकार किया भाई। तुमने पानी देकर मुझे जीवन दान दिया।" पानी पीकर महाराज ने कहा।

"इसमें उपकार जैसी कोई बात नहीं महाराज। दूसरों के काम आना मनुष्य का प्रथम कर्तव्य होना चाहिए। मैंने तो उस मानवीय कर्तव्य का निर्वाह किया है महाराज।" भूरा बोला।

"तुम ठीक कह रहे हो भाई। लेकिन फिर भी मैं तुम्हारे इस उपकार के बदले तुम्हें कुछ पुरस्कार देना चाहता हूँ।" फिर कुछ सोचकर बोले–"तुम किस राज्य के निवासी हो? क्या मेरे साथ रामनगर चल सकोगे।"

"महाराज, मैं आपका दास, आपके राज्य रामनगर का ही निवासी हूँ। महाराज विनम्रतापूर्वक आपसे एक बार पुनः मैं कहना चाहता हूँ कि जिसे आप उपकार समझ रहे हैं, वह उपकार नहीं; मात्र मानवीय कर्तव्य का पालन था। और मैं समझता हूँ कि प्रत्येक को, चाहे राजा हो या रंक, मानवीय कर्तव्यों का पालन अवश्य करना चाहिए।"

महाराज कुछ बोले नहीं, उसकी ओर देखते रहे। उन्हें अपनी ओर देखता पाकर भूरा बोला–"महाराज, यदि आप मुझे कुछ देना ही चाहते हैं तो जो मैं चाहता हूँ वह देने की कृपा करें। मुझे अपने लिए किसी पुरस्कार

की आवश्यकता नहीं है।

"बोलो, तुम्हें वही मिलेगा।"

"महाराज, मन्त्री, सेनापति, दरबारियों और सामन्तों के अत्याचार से आपकी प्रजा में त्राहि-त्राहि मची हुई है। जनता की ओर से मैं निवेदन करता हूँ कि आप इस मनमानी को रोकें। एक वर्ष पहले भी एक दिन मैंने कुछ किसानों को साथ लेकर शिकार से लौटते समय आप से कुछ कहना चाहा था। लेकिन...।"

"ओह, याद आया...तो तुम 'वह' हो। भाई मैं उस दिन की घटना के लिए शर्मिन्दा हूँ। सेनापति और मन्त्री ने सदैव मुझसे प्रजा के सुखी होने की बात कही। इसीलिए... लेकिन आज तुमने वास्तविकता बताकर मेरी आँखें खोल दीं। मैं तुम्हारे सामने ही सेनापति को बर्खास्त कर दूँगा। वह कहीं पीछे छूट गया है। हम लोग क्यों न उसके आने की प्रतीक्षा करें?"

"महाराज, किसके आने की बात कर रहे हैं। सेनापति...वह तो मुझे मार्ग में कुछ सैनिकों के साथ रामनगर की ओर वापस लौटते हुए दिखाई पड़े थे।"

"वापस, लेकिन ऐसा कैसे हो सकता है!"

"महाराज, मैं सच कह रहा हूँ। आप मेरी बात पर विश्वास करें।"

"तुम इस समय कहाँ जा रहे हो?" गम्भीर होते हुए महाराज ने पूछा।

"महाराज, मैं पक्षियों को पकड़ने के लिए यहाँ आया था। गरीबी में बच्चों का पेट पालने के लिए कभी-कभी पक्षियों को पकड़कर उन्हें पक्षियों के व्यापारियों को बेंच देता हूँ।" भूरा बोला।

"तुम अब शिकार न खेल सकोगे। तुम्हें मेरे साथ रामनगर लौटना है। लेकिन लौटने से पहले मैं घोड़े को पानी पिलाना चाहता हूँ। यह भी प्यासा है। क्या तुम्हें यहाँ किसी झरने या तालाब की जानकारी है?"

"हाँ, महाराज, यहाँ से लगभग एक मील की दूरी पर एक छोटा-सा सरोवर है। मैं उसी से तो पानी लेकर आ रहा था।"

"तो आओ।" घोड़े पर सवार होते हुए महाराज ने कहा।

लेकिन भूरा उनकी ओर देखने लगा। महाराज ने उसका आशय समझ लिया। उन्होंने उसे अपने पीछे घोड़े पर बैठने का संकेत किया। भूरा

के बैठते ही उन्होंने सरोवर की ओर घोड़े को बढ़ाया।

सरोवर से घोड़े को पानी पिलाकर उन्होंने घोड़े को रामनगर की ओर दौड़ा दिया। जिस समय महाराज ने भूरा के साथ जंगल से प्रस्थान किया, उस समय शाम होने लगी थी। उन्हें भूख भी लग रही थी, लेकिन भूख की

चिन्ता त्याग कर वह निरन्तर घोड़े को दौड़ाते रहे। रात भर की यात्रा के बाद ठीक सुबह महाराज ने नगर में प्रवेश किया। जैसे ही वह महल के द्वार पर पहुँचे, उन्हें पहरेदारों ने अन्दर जाने से रोक दिया। वह परेशान हुए। उनके ही महल में उन्हें अन्दर जाने से रोका जा रहा था। पूछने पर एक पहरेदार ने कहा—"अब आप मेरे राजा नहीं रहे। महाराज कुमारसेन अब रामनगर के राजा हैं। आप शीघ्र यहाँ से चले जायें, नहीं तो कैद कर लिए जायेंगे।"

महाराज अमरपाल घबड़ाये। लेकिन भूरा ने उन्हें आश्वस्त किया और बोला—"महाराज, उचित यही होगा कि आप किसी गुप्त स्थान में छुप जाएँ। मैं स्थिति सम्भाल लूँगा। लगता है आपकी पूरी सेना अभी कुमारसेन का साथ नहीं दे रही है। यदि पूरी सेना उसके साथ होती तो आपको नगर में प्रवेश ही नहीं मिलता।"

"तुम ठीक कह रहे हो। लेकिन तुम कैसे स्थिति सम्भालोगे?"

"आप मेरे साथ आएँ बस।" महाराज भूरा के साथ चलने लगे। भूरा उन्हें एक कच्ची ईंटों की बनी झोंपड़ी में ले गया और एक छोटी-सी चारपाई पर बिस्तर बिछाकर बोला–"महाराज, आप विश्राम करें। मैं स्थिति का सामना करने जा रहा हूँ।" और वह बाहर निकल गया। वह झोंपड़ी उसी की थी। जाते-जाते वह अपनी पत्नी को बोल गया कि घर में जो कुछ भी रूखा-सूखा हो, महाराज को दे।

भूरा ने नगर के अधिकांश किसानों से दौड़-दौड़कर सम्पर्क स्थापित किया। देखते ही देखते भूरा के कहने पर बहुत बड़ी संख्या में किसानों की भीड़ अस्त्रों से सज्जित होकर भूरा के नेतृत्व में राजमहल की ओर बढ़ने लगी। किसानों ने राजमहल को घेर लिया। किसानों की विशाल भीड़ देखकर पहरेदार इधर-उधर खिसक गये। जो सामने आए, किसानों ने उन्हें मारकर भगा दिया। थोड़ी देर के संघर्ष के बाद उन लोगों ने राजमहल पर कब्जा कर लिया। भूरा ने खोजकर कुमारसेन को पकड़ लिया और कैद करवा लिया।

राजमहल पर अधिकार करने के बाद भूरा महाराज अमरपाल के पास गया और उन्हें ले आया। महाराज की खुशी का ठिकाना न था। उन्होंने तुरन्त विश्वासघाती कुमारसेन को आजीवन कारावास की सजा दी। अपने मन्त्री को अपदस्त करके उसके स्थान पर भूरा को मन्त्री नियुक्त किया। तथा सभी दरबारियों को निकालकर उनके स्थान पर नये दरबारी नियुक्त किये। उन्होंने उस दिन प्रतिज्ञा की कि वह केवल प्रजा के लिए ही जियेंगे। और उस दिन के बाद रामनगर की प्रजा को कभी किसी ने दुखी नहीं देखा।

नकली राजा

एक जंगल में विक्रम नाम का एक शेर रहता था। जंगल के सभी जानवर उसे अपना राजा मानते थे। एक बार विक्रम के एक मित्र शेर ने, जो पास के दूसरे जंगल में रहता था, विक्रम को अपने यहाँ निमन्त्रित किया। मित्र का निमन्त्रण पाकर विक्रम बहुत प्रसन्न हुआ और उसके यहाँ जाने के लिए तैयार हो गया।

विक्रम के जाने के बाद एक दिन उस जंगल में एक सियार आया। यह सियार बहुत चतुर था। जब उसे यह पता चला कि जंगल का राजा शेर कहीं बाहर गया हुआ है तब वह जंगल में घूम-घूमकर सभी जानवरों से कहने लगा कि विक्रम शेर उससे डरकर जंगल छोड़कर भाग गया है। इसलिए अब वे लोग विक्रम शेर को अपना राजा न मानकर, उसे अपना राजा मानें।

जानवरों को सियार की बात में सच्चाई प्रतीत हुई क्योंकि कई दिनों से उन्हें शेर के दर्शन नहीं हुए थे और न ही उसकी दहाड़ उन्हें सुनाई पड़ी थी। जब सियार ने देखा कि जानवरों को उसकी बात पर विश्वास हो गया है तब एक दिन उसने सभी जानवरों की एक सभा बुलाई।

उस दिन जंगल के सभी जानवर एक ऊँचे टीले के इर्द-गिर्द एकत्रित हुए। सभी ने एक मत हो सियार को अपना राजा मान लिया। उस ऊँचे टीले पर चढ़कर सभी जानवरों को सम्बोधित करता हुआ सियार बोला—"भाइयो, विक्रम शेर के समय में आप लोग बहुत दुखी थे, क्योंकि वह आये दिन आप लोगों का शिकार किया करता था। लेकिन आप लोगों ने अब मुझे अपना राजा बनाया है। मैं आप सबको विश्वास दिलाता हूँ कि मेरे राज्य में आप लोगों को कोई कष्ट नहीं होगा।"

सभी जानवरों ने सियार की जय-जयकार की। सियार सीना तानकर

खड़ा हो गया और हाथ हिलाकर कुछ कहने ही जा रहा था कि तभी चंचल कुमार नामक खरगोश टीले पर चढ़ा और जोर से बोला–"भाइयो, हमें अपने नये राजा के सम्मान में एक कवि सम्मेलन का आयोजन करना चाहिए।"

महिराज नाम के हाथी ने खरगोश की बात का समर्थन किया। पुनपुन लोमड़ी भी सभा में उपस्थित थी। वह भी अपने को न रोक पायी और बोली–"मैंने न जाने कितनी वीर रस की कविताएँ लिख-लिख कर इकट्ठा कर रखी हैं। कवि सम्मेलन जरूर होना चाहिए, जिससे मेरी कविताओं का आप सभी आनन्द उठा सकें।"

सभी जानवर कवि सम्मेलन के लिए तैयार हो गये। दिन भी निश्चित हो गया। कविताएँ लिखने वाले जानवरों को बुलाने का भार चंचल कुमार खरगोश को सौंपा गया। खरगोश ने सभी कवि जानवरों को कवि-सम्मेलन में शामिल होने के लिए निमन्त्रित किया।

कवि सम्मेलन के लिए निश्चित किए गये दिन सभी जानवर उसी टीले के पास इकट्ठा हुए। टीले को मंच का रूप दिया गया। सियार एक ऊँचे आसन पर राजा की हैसियत से विराजमान हुआ। सभी कवि जानवर मंच पर बैठे। पुनपुन लोमड़ी फूलों की एक माला गूँथकर लायी थी, जिसे

जानवरों की ओर से ढेंचू गधे ने सियार को पहनाकर उसका अभिनन्दन किया।

कवि सम्मेलन के संचालन का भार महिराज हाथी को सौंपा गया। महिराज ने सबसे पहले पुनपुन लोमड़ी को वीर रस की कविताएँ सुनाने के लिए आमन्त्रित किया।

पुनपुन ने मंच के नीचे बैठे श्रोता जानवरों पर एक नजर डाली और ऊँचे स्वर में कविता पाठ प्रारम्भ किया। पुनपुन की कविता की कुछ ही पंक्तियाँ सुनकर जानवरों ने प्रशंसा में जोरों से वाहवाह करते हुए खूब तालियाँ बजायीं।

पुनपुन लोमड़ी का कविता पाठ जारी था कि तभी सियार को दूर जंगल में शेर की दहाड़ सुनाई पड़ी। उसके कान चौकन्ने हो गये। उसका मन अब कविता सुनने में नहीं लग रहा था। वह घबड़ाया सा इधर-उधर देखने लगा। उधर सभी जानवर लोमड़ी की कविता सुनकर आनन्द में झूम रहे थे।

थोड़ी देर बाद सियार को फिर शेर की दहाड़ सुनाई पड़ी। वह समझ

गया कि विक्रम शेर आ गया है। उसने जानवरों की नजर बचाकर वहाँ से भाग जाना चाहा। वह चुपके से उठा और पीछे की ओर से टीले से नीचे उतरने लगा। चंचल कुमार खरगोश ने उसे इस प्रकार जाता देखकर पूछा–"महाराज अभी तो कवि सम्मेलन शुरू ही हुआ है, आप कहाँ जा रहे हैं?"

"तुम लोग जमो, मैं अभी आ रहा हूँ।" कहकर सियार भाग खड़ा हुआ। तभी सभी जानवरों को निकट ही शेर की दहाड़ सुनाई पड़ी। उन सभी को सियार के भागने का वास्तविक कारण समझ में आ गया। वे सभी भी अपने-अपने प्राण बचाकर वहाँ से भाग खड़े हुए।

होनहार बालक

सैकड़ों वर्ष पुरानी बात है। एक दिन एक युवती ने पाटलिपुत्र नगर में प्रवेश किया। उसकी गोद में एक नन्हा-सा बालक था। उसके पति की मृत्यु अचानक बीमारी से हो गयी थी और अब वह इस नगर में अपने भाई के पास रहने के लिए आयी थी। लेकिन, उसे अपने भाई का घर मालूम नहीं था। सुबह से शाम तक भूखी-प्यासी वह नगर में इधर-उधर भटकती रही, लेकिन उसे अपने भाई का घर नहीं मिला। अन्त में थककर वह एक बरगद के पेड़ के नीचे विश्राम करने के लिए लेट गयी। कब उसे नींद आ गयी, वह नहीं जान पायी।

जब उसकी नींद खुली तब शाम हो चुकी थी। उसने देखा उसका लड़का उससे थोड़ी दूर पर पेड़ के तने के पास बैठा किसी काली-सी वस्तु से किलक-किलक कर खेल रहा है। वह उठकर उसके पास पहुँची। उसने देखा लड़का काले नाग को हाथ में पकड़े उसी से खेलने में मस्त है। भय के कारण वह चीख उठी। माँ की चीख सुनकर लड़के ने साँप को छोड़ दिया और घिसटता हुआ माँ के पास आ गया। साँप सरकता हुआ एक ओर को चला गया। युवती ने लड़के को गोद में उठा लिया और बार-बार उसे चूमने लगी।

उसी समय एक आदमी निकट के राजमार्ग से अपने घर जा रहा था। उसने जब उस युवती की चीख सुनी तब वह रुक गया। वह उस युवती के पास आया। आते ही उसने उसको पहचान लिया। वह आदमी उस युवती का भाई था। अपनी बहन को इस हालत में देखकर वह आदमी बहुत दुखी हुआ। वह उसे अपने साथ घर ले गया।

युवती ने अपने लड़के का नाम रखा चन्द्रगुप्त। चन्द्रगुप्त अपने मामा के घर धीरे-धीरे बड़ा होने लगा। वह पढ़ना चाहता था, किन्तु गरीबी के

कारण वह पढ़ नहीं पाया। उसके मामा पाटलिपुत्र के राजा नन्द के यहाँ एक छोटी-सी नौकरी में थे, जिससे किसी प्रकार परिवार का भरण-पोषण हो रहा था।

एक दिन राजा ने किसी बात से नाराज होकर चन्द्रगुप्त के मामा को नौकरी से हटा दिया। अब पूरे परिवार के भरण-पोषण की गंभीर समस्या पैदा हो गयी। चन्द्रगुप्त भी अपनी माँ के साथ मामा के परिवार में घोर गरीबी का जीवन जीने लगा। कभी-कभी उन लोगों को भूखे भी रहना पड़ता था।

चन्द्रगुप्त अब काफी समझदार हो गया था। घर की यह हालत देखकर उसे बहुत दुख होता था।

एक दिन वह घर के बाहर कुछ लड़कों के साथ खेल रहा था। तभी एक शिकारी वहाँ आया। शिकारी पाटलिपुत्र के पास एक गाँव का रहने

वाला था। वह काफी देर तक लड़कों को खेलता हुआ देखता रहा। जब उनका खेल समाप्त हो गया तब वह बोला, "बच्चों मुझे एक ऐसे लड़के की आवश्यकता है, जो मेरे यहाँ नौकरी कर सके। करेगा तुम लोगों में से कोई मेरे यहाँ काम?"

उस शिकारी की बात सुनकर सभी लड़के तो उससे डरकर भाग गए, लेकिन चन्द्रगुप्त खड़ा रहा। शिकारी ने उससे पूछा, "क्या तुम करोगे मेरे यहाँ काम?"

"क्या काम करना होगा मुझे?" चन्द्रगुप्त ने पूछा।

"मेरे जानवर चराने होंगे।"

"ठीक है, मैं करूँगा यह काम। लेकिन आपको इतना पैसा देना होगा, जिससे मेरे घर वालों का भरण-पोषण हो सके।" चन्द्रगुप्त ने कहा।

शिकारी जब चन्द्रगुप्त की बात मान गया तब चन्द्रगुप्त ने कहा, "माँ से अनुमति लेना होगा। जब वह अनुमति दे देगी, तभी मैं चलूँगा आपके साथ।"

चन्द्रगुप्त शिकारी को साथ लेकर घर आया। उसने माँ से शिकारी के यहाँ नौकरी करने की अनुमति माँगी। माँ ने पहले तो मना कर दिया, लेकिन जब घर की गरीबी के विषय में सोचा तब दुखी मन से उन्होंने चन्द्रगुप्त को अनुमति दे दी।

चन्द्रगुप्त उस शिकारी के साथ उसके घर चला गया। शिकारी ने अपने सारे जानवरों की जिम्मेदारी बालक को सौंप दी और निश्चिन्त हो गया। चन्द्रगुप्त प्रतिदिन सुबह जानवरों को चराने के लिए जंगल ले जाता और शाम को अपने शिकारी मालिक के यहाँ लौट आता।

इस प्रकार उस शिकारी के यहाँ नौकरी करते हुए उसे काफी समय बीत गया। इस मध्य उसकी कई चरवाहे लड़कों से मित्रता हो गयी। अतः प्रतिदिन जंगल में जानवरों को चरने के लिए छोड़कर वह उन लड़कों के साथ कोई न कोई खेल खेला करता था।

एक दिन की बात है। वह राजदरबार का खेल खेल रहा था। वह राजा बना हुआ था और एक ऊँची शिला पर चढ़कर बैठा हुआ था। शेष अपने साथियों को उसने मंत्री आदि बना रखा था। शिला पर बैठा वह एक राजा की भाँति मंत्री बने उन लड़कों को कुछ आदेश दे रहा था। उसी समय एक विद्वान ब्राह्मण वहाँ से होकर निकला। चन्द्रगुप्त के खेल से वह बहुत प्रभावित हुआ।

उस विद्वान ब्राह्मण का नाम था चाणक्य। चाणक्य पाटलिपुत्र की

दानशाला का अध्यक्ष था। लेकिन पाटलिपुत्र का राजा नन्द चाणक्य से इसलिए चिढ़ गया था, क्योंकि चाणक्य बदसूरत तथा काला था। नन्द ने इसी बात से चिढ़कर चाणक्य को अपमानित करके पाटलिपुत्र से निकाल दिया था। चाणक्य उस समय तो अपमान सहकर चला आया था, लेकिन उसने प्रतिज्ञा की थी कि वह अत्याचारी नन्द को अवश्य इसका मजा चखाएगा। अपमान की आग में सुलगता हुआ वह तक्षशिला की ओर जाते हुए वहाँ से निकला और चन्द्रगुप्त के खेल को कौतूहलवश देखने लगा।

चाणक्य की तेज बुद्धि ने समझ लिया कि राजा बनने वाला यह बालक होनहार है। खेल समाप्त होने के पश्चात् चन्द्रगुप्त के पास पहुँचकर चाणक्य ने उससे उसके विषय में पूछा। चन्द्रगुप्त ने अपने विषय में सब कुछ बता दिया। उसकी बात सुनकर चाणक्य बहुत दुखी हुआ। उसने चन्द्रगुप्त से शिकारी की नौकरी छोड़कर अपने साथ विद्याध्ययन करने हेतु तक्षशिला चलने के लिए कहा। चन्द्रगुप्त विद्याध्ययन हेतु उनके साथ तक्षशिला जाने के लिए तैयार हो गया।

लेकिन समस्या थी कि वह अपने शिकारी मालिक की सेवा से मुक्ति कैसे प्राप्त करे। चाणक्य ने चन्द्रगुप्त की वह समस्या भी हल कर दी। वह चन्द्रगुप्त को लेकर शिकारी के घर पहुँचे। उन्होंने शिकारी से कहा कि वह

चन्द्रगुप्त को अपनी सेवा से मुक्त कर दे, जिससे वह उसें अपने साथ पढ़ाने के लिए तक्षशिला ले जाएँ।

शिकारी चन्द्रगुप्त को छोड़ना नहीं चाहता था। अतः आनाकानी करने लगा। चाणक्य ने समझ लिया कि शिकारी लालची है और कुछ धन चाहता है। उन्होंने उसे पर्याप्त धन देकर चन्द्रगुप्त को उसकी सेवा से मुक्त करा लिया। चन्द्रगुप्त अपनी माँ और मामा के परिवार से मिलने के लिए पाटलिपुत्र गया और माँ का आशीर्वाद लेकर विद्याध्ययन करने के लिए चाणक्य के साथ तक्षशिला चला गया।

चाणक्य के संरक्षण में उसने वहाँ विभिन्न विषयों का अध्ययन किया। और एक दिन अपने गुरु चाणक्य की प्रेरणा पाकर उसी चन्द्रगुप्त ने पाटलिपुत्र के दुराचारी राजा नन्द का विनाश करके स्वयं वहाँ का राजा बना। यही चन्द्रगुप्त इतिहास में सम्राट चन्द्रगुप्त मौर्य के नाम से विख्यात हुआ।

अमरूदों की चोरी

दिलीप अमर के मोहल्ले में रहता था। दोनों एक ही स्कूल में एक साथ पढ़ते थे। अमर कक्षा में सबसे होशियार विद्यार्थी था, किन्तु दिलीप पढ़ने में सबसे कमजोर था। इसका कारण यह था कि दिलीप का मन पढ़ने के बजाय उल्टे-सीधे कामों में अधिक लगता था। स्कूल उनके मोहल्ले से तीन किलोमीटर दूर था। स्कूल तक जाने का कोई साधन नहीं था। अतः दोनों साथ-साथ पैदल पढ़ने जाया करते थे।

एक बार की बात है, जाड़े का मौसम था। दिलीप अमर के साथ स्कूल जा रहा था। उस दिन दिलीप के कहने से दोनों सीधी सड़क से न जाकर दूसरे रास्ते से स्कूल जा रहे थे। इस रास्ते में अल्लादीन का अमरूदों

का बाग था। बाग के पास से गुजरते समय दिलीप की नजर बाग में पेड़ों पर लटक रहे पके अमरूदों पर पड़ी। उसके मुँह में पानी भर आया। लेकिन बिना कुछ बोले वह अमर के साथ चलता रहा। स्कूल पहुँचकर उसका मन पढ़ने में नहीं लगा। वह अमरूदों को तोड़ने और उनका स्वाद लेने की योजना बनाता रहा। शाम को छुट्टी होने पर उसने अमर से बाग की ओर चलने के लिए कहा। लेकिन वह रास्ता लम्बा होने के कारण अमर ने उधर से जाने से इन्कार कर दिया। दिलीप के दिमाग में तो अमरूद घूम रहे थे, अतः वह अकेले ही उधर की ओर चल पड़ा।

जब वह बाग के पास पहुँचा तब तक संध्या ढल रही थी। बाग के चारों ओर हल्का अंधेरा फैल रहा था। बाग में तो घने पेड़ों के नीचे कुछ भी नजर नहीं आता था। बाग के बीच में टिमटिमाती लालटेन की रोशनी में केवल अल्लादीन की झोपड़ी दिखाई पड़ रही थी। कभी-कभी किसी पक्षी को उड़ाती हुई अल्लादीन की आवाज सुनाई पड़ जाती थी।

दिलीप चुपचाप खड़ा सोचता रहा कि किधर से बाग में प्रवेश करे। कुछ देर इधर-उधर देखने के बाद उसे एक स्थान पर मेड़ टूटी हुई नजर आई। वह उसी जगह से मेड़ फांदकर बाग में पहुंच गया। अब उसने बिना आहट किए डाल झुकाकर पके अमरूद तोड़ने शुरू किए। अपने खाने भर के लिए अमरूद तोड़कर वह उसी जगह से मेड़ फाँदकर घर की ओर चल पड़ा। उसे इस बात की खुशी थी कि अल्लादीन को उसकी चोरी का पता नहीं चला।

अब वह प्रतिदिन स्कूल से छूटने के बाद अकेले ही उस रास्ते से आने लगा। एक दिन स्कूल में खेल का विशेष आयोजन था। सभी लड़कों को देर तक रुकना पड़ा। जब छुट्टी हुई तब तक अंधेरा हो चुका था। उस दिन अमर ने अकेले जाने के बजाय दिलीप के साथ जाना उचित समझा। अमरूदों के बाग के निकट पहुँचकर दिलीप ने अमर से कहा–"अमर तुम यहाँ बैठो, मैं अभी पाँच मिनट में आता हूँ।"

"क्यों कहाँ जा रहे हो?" अमर ने पूछा।

"अभी आता हूँ। अल्लादीन से एक बात पूछनी है।" मेड़ पर चढ़ता हुआ दिलीप बोला।

"तो इधर से क्यों जा रहे हो दिलीप? सामने बाग के मुख्य द्वार से क्यों नहीं जाते?"

लेकिन दिलीप अमर की बात का कोई उत्तर दिए बिना बाग के अन्दर कूद गया। अमर मन मारकर उसी जगह खड़े होकर उसके लौटने की प्रतीक्षा करने लगा। कुछ क्षण ही बीते थे कि उसे सामने से दो आदमी आते हुए दिखाई पड़े। दोनों उसी की ओर बढ़ रहे थे। उनको अपनी ओर बढ़ता देखकर अमर घबरा उठा। वह कुछ सोच पाता, इससे पहले ही दोनों ने उसे आ दबोचा और लगे पीटने। दोनों उसे पीटते हुए कहते जा रहे थे—"और करोगे अमरूदों की चोरी...खूब ढाढ़े लग गया था अमरूदों का स्वाद बच्चू को।"

अमर चीख-चीखकर कहता रहा कि उसने कभी अमरूदों की चोरी नहीं की, वह निर्दोष है, लेकिन उन लोगों पर उसकी बात का जरा भी प्रभाव नहीं पड़ा।

अमर के रोने और चीखने की आवाज सुनकर दिलीप ने अमरूद तोड़ना बन्द कर दिया और मेड़ के पास आकर देखने लगा कि अमर क्यों चीख रहा है। जब उसने दो आदमियों को अमरूदों की चोरी की बात कहकर अमर को पीटते देखा तब वह परेशान हो उठा। उसका मन उसे

धिक्कार उठा। वह जल्दी-जल्दी मेड़ फाँदकर उन लोगों को यह बता देना चाहता था कि चोर अमर नहीं, वह है। लेकिन जब तक वह अमर के पास पहुँचता, वे दोनों आदमी जा चुके थे।

अमर के पास पहुँचकर दिलीप दुखी स्वर में बोला–"अमर, मुझे माफ कर दो मित्र। मेरे कारण आज तुम पर मार पड़ी। तुम निर्दोष ही पीटे गये। सच अमर, अपनी गन्दी आदत से आज मुझे अपने से ही घृणा हो रही है।" और वह फूट-फूटकर रोने लगा।

अपनी पीड़ा भूलकर अमर ने दिलीप का हाथ पकड़ लिया और बोला, "जो हुआ उसे भूल जाना ही बेहतर है। अब जल्दी से घर चलो। घर वाले हमारी प्रतीक्षा कर रहे होंगे।" दोनों तेजी से घर की ओर चल पड़े। उस दिन के बाद दिलीप ने कभी कोई गलत काम नहीं किया। उसने पढ़ाई में जमकर परिश्रम किया और वह भी कक्षा में होशियार लड़कों में गिना जाने लगा।

क्रान्ति दूत

फैजाबाद नगर के एक गाँव के पास एक बहुत बड़ा जंगल था। जंगल में एक तालाब था, जिसमें जंगली जानवर आकर अपनी प्यास बुझाया करते थे। तालाब में हर समय कमल के फूल खिले रहते थे। उस गाँव का एक किशोर प्रतिदिन शाम के समय उस तालाब के किनारे आकर बैठा करता था और डूबते हुए सूर्य के प्रकाश को तालाब में देखा करता था। शाम का यह दृश्य उसे बहुत सुन्दर लगता था। इसलिए वह नियमित वहाँ आया करता था। उस जंगल में चीते आदि खतरनाक जानवर भी थे। अतः जंगल आते समय वह अपने पास तलवार अवश्य रखता था।

एक दिन की बात है। प्रत्येक दिन की तरह उस दिन भी वह जंगल में आया और तालाब के किनारे उगी हरी घास में बैठकर ठण्डी-ठण्डी हवा का आनन्द लेने लगा। उसने अपनी तलवार कमर से निकालकर पास ही जमीन पर रख दी।

उस दिन गर्मी कुछ अधिक थी। अतः तालाब की ओर से आ रही सुगन्धित ठण्डी हवा उसे अच्छी लग रही थी। वह बैठा तालाब में खिले कमल के फूलों को देख रहा था कि तभी उसकी नज़र हिरन के एक बच्चे पर पड़ी। अपनी मस्ती में झूमता वह उससे कुछ दूरी पर आकर खड़ा हो गया और आँखें फाड़कर उसकी ओर देखने लगा। किशोर समझ गया कि हिरण का बच्चा प्यासा है। उसके भय के कारण तालाब में पानी पीने के लिए नहीं उतर रहा है। उसने हिरण के बच्चे की ओर से नज़रें हटा लीं और उसकी ओर पीठ करके बैठ गया।

थोड़ी देर बाद उसे तालाब में छपाक की आवाज सुनाई पड़ी। उसने अनुमान लगाया कि हिरण का बच्चा पानी पीने के लिए तालाब में उतर गया है। अब उसने पीछे मुड़कर देखा। बच्चा पानी पीने में निमग्न था। वह

हिरण के बच्चे को पानी पीता हुआ देखता रहा। हिरण का बच्चा अभी पूरा पानी पी भी न पाया था कि कहीं से एक सनसनाती हुई बन्दूक की गोली आकर उसे लगी। जोरदार चीख के साथ हिरण का बच्चा तालाब में मुँह के बल गिर पड़ा। किशोर तिलमिला कर उठ खड़ा हुआ। उसने अपनी तलवार सम्भाली और तेजी से हिरण के बच्चे के पास जा पहुँचा।

हिरण के बच्चे की साँस अभी धीरे-धीरे चल रही थी। बच्चे के पास पहुँचकर उसे लगा कि वह कातर दृष्टि से उसी को देख रहा है। किशोर की आँखों में आँसू आ गए। हिरण के बच्चे की दशा उसके लिए असह्य हो उठी। वह अपनी तेज आँखों से तालाब के चारों ओर उस व्यक्ति को खोजने लगा, जिसने उस निर्दोष बच्चे पर गोली चलायी थी। जब कुछ देर तक उसे कोई भी नहीं दिखायी पड़ा तब उसने बच्चे को तालाब से बाहर निकालने के विषय में सोचा। वह उसे गाँव ले जाना चाहता था, जिससे उसे मरने से बचाया जा सके।

किशोर तालाब में उतरने ही वाला था कि तभी उसे किसी की आवाज़ सुनाई पड़ी, "उसे मट छूना। मेरा शिकार है।"

किशोर समझ गया कि यह किसी अंग्रेज शिकारी की आवाज़ है। उन

दिनों बहुत से अंग्रेज लखनऊ और फैजाबाद से उस जंगल में शिकार खेलने के लिए आया करते थे। किशोर इन अंग्रेजों से नफरत करता था, क्योंकि उसे निर्दोष जानवरों का मारा जाना बिल्कुल पसन्द नहीं था। वह अंग्रेजों से इसलिए भी नफरत करता था, क्योंकि विदेशी होकर भी वे उसके देश पर अधिकार जमाने की कोशिश कर रहे थे।

उस समय तो अपनी आँखों के सामने उस हिरण के बच्चे की मार्मिक हालत देखकर अंग्रेजों के प्रति उसकी नफरत और भी अधिक बढ़ गयी। वह क्रोध से पागल हो उठा। तालाब में उतरने के बजाए अपनी तलवार संभालकर वह तालाब के किनारे ही खड़ा रहा। उसके पास आते ही अंग्रेज शिकारी उल्टा-सीधा बकते हुए उससे बोला, “टुम मेरा शिकार छीनना माँगता।”

किशोर ने कोई उत्तर नहीं दिया। वह क्रोध भरी आँखों से शिकारी की ओर देखता रहा। इससे उस अंग्रेज का क्रोध और अधिक बढ़ गया। वह चीखता हुआ बोला, “टुम बोलता क्यूँ नई। अमको आँख डिखाटा हय। जानटा नई अम फौजी अफसर हय। अम टुमको कच्चा खा सकटा हय।”

अब उस किशोर से भी नहीं रहा गया। वह बोला, “आप जानते हैं, आप किसके ताल्लुके में यह गुस्ताखी कर रहे हैं। यह जंगल मेरे पिता के ताल्लुके में आता है। इस निर्दोष हिरण के बच्चे को मारकर भी आप मेरे सामने सही सलामत खड़े हैं, यही बहुत है।”

“ओह! टुम अमको ढमकी डेटा हय। अब मैं टुमको भी नई छोड़ेगा।”

इतना कहने के बाद ही उसने बन्दूक में भरी गोली किशोर पर चला दी। लेकिन निशाना चूक गया। गोली किशोर के बगल से निकल गयी। निशाना चूक जाने पर वह अंग्रेज शिकारी दूसरी गोली बन्दूक में भरने लगा।

अब किशोर ने अपना एक क्षण भी गँवाना उचित नहीं समझा। जब तक अंग्रेज बन्दूक में दूसरी गोली भरकर उस पर निशाना साधता, उससे पहले ही किशोर ने तलवार का प्रहार उसके उस हाथ पर कर दिया, जिसमें उसने बन्दूक थाम रखी थी। एक ही प्रहार में अंग्रेज का हाथ घायल हो गया। बन्दूक छिटक कर दूर जा गिरी।

हाथ के घायल होते ही वह अंग्रेज भय से काँपने लगा। वह गिड़गिड़ाकर

किशोर से प्राणों को भीख माँगने लगा। किशोर का क्रोध यद्यपि कम नहीं हुआ था तो भी अंग्रेज को गिड़गिड़ाते देख कर उसने उससे कहा, "जाओ, लेकिन ध्यान रखना, भविष्य में निरीह जानवरों का शिकार करने कभी इस जंगल में मत आना।"

प्राण बच जाने पर वह अंग्रेज सिर पर पैर रखकर वहाँ से भाग खड़ा हुआ। उसने पीछे मुड़कर भी नहीं देखा। उस अंग्रेज के भाग जाने के बाद किशोर ने साहस करके हिरण के बच्चे को तालाब से बाहर निकाला। उसे कंधे पर रखकर वह उसे घर ले गया। उसने हकीम से उसका इलाज करवाया, जिससे वह हिरण का बच्चा स्वस्थ हो गया।

यह बहादुर किशोर उस गाँव के ताल्लुकेदार का बेटा अहमद शाह था, जो बाद में उस गाँव का ताल्लुकेदार बना था। लेकिन उसके हृदय में शुरू से अंग्रेजों के प्रति पैदा हुई नफरत धीरे-धीरे बढ़ती ही गयी। एक दिन वह भी आया जब अंग्रेजों ने उसे अपना घोर शत्रु मानकर उसको ताल्लुकेदारी उससे छीन ली। ताल्लुकेदारी छिन जाने पर अहमदशाह मौलवी होकर पूरे उत्तर भारत में घूम-घूमकर जनता को अंग्रेजों के विरुद्ध क्रान्ति के लिए तैयार करने लगे।

बाद में सन् अठारह सौ सत्तावन के स्वतंत्रता संग्राम में इस देशभक्त ने नाना साहब, तात्या टोपे तथा लखनऊ की बेगम हजरत महल के साथ मिलकर अंग्रेजों से जमकर युद्ध किये। और इतिहास में नरकेशरी मौलवी अहमदउल्ला शाह के नाम से प्रसिद्ध हुए।

लालची पहलवान

महिपालपुर नामक गाँव में गुरुपद नाम का एक किसान युवक रहता था। उसके पास बीस बीघे खेत थे, जिनमें वह जमकर परिश्रम करता था, जिससे उनमें उसके परिवार के भरण-पोषण के लिए पर्याप्त अन्न उत्पन्न हो जाता था। परिश्रम करने के कारण उसका शरीर मजबूत तथा गठीला था। उसे पहलवानी का भी शौक था, इसीलिए उसने दूध-घी के लिए एक गाय और एक भैंस भी पाल रखी थी। वह स्वयं उनकी सेवा करता था। गुरुपद स्वभाव से सीधा-सादा था। वह सुबह खेतों में काम करने के लिए निकल जाता और शाम को वहाँ से लौटता। थोड़ा आराम करके वह जानवर बाँधने वाले बाड़े में चला जाता, जहाँ उसने एक छोटा-सा अखाड़ा बना रखा था। वहाँ उसके दो साथी भी आ जाते, जिनके साथ वह व्यायाम किया करता। पहलवानी का शौक होने के कारण वह गाँव के अखाड़े में कभी-कभी कुश्ती अवश्य लड़ लेता, किन्तु किसी दंगल में कुश्ती लड़ने के लिए कभी नहीं जाता।

इसी गाँव में सुजान सिंह नाम का जमींदार भी रहता था। वह अत्यधिक ईर्ष्यालु स्वभाव का था। उसके पास सैकड़ों बीघे खेत थे, जिनमें अनेक नौकर काम करते थे। सुजान सिंह स्वयं कभी काम नहीं करता था। एक दिन वह अपने तीन कारिन्दों के साथ शाम को उधर से जा निकला, जिधर गुरुपद का अखाड़ा था। उस समय गुरुपद अपने दोनों साथियों के साथ वहाँ व्यायाम कर रहा था। सुजान सिंह बाड़े के बाहर खड़ा होकर उन्हें देखने लगा। लेकिन गुरुपद तथा उसके साथियों का ध्यान उसकी ओर नहीं गया। यह बात उसे बहुत बुरी लगी। इस पर आग में घी का काम करते हुए उसके कारिन्दों ने कहा, "हुजूर, आपने देखा, गुरुपद कितना घमण्डी और गुस्ताख हो गया है। आप उसके दरवाजे तक आए, लेकिन उसने आपको

सलाम तक नहीं किया..."बड़ा पहलवान बनता है।"

सुजान सिंह क्रोध से नथुने फड़काता हुआ वापस हवेली की ओर लौट गया। उस दिन से वह गुरुपद को सबक सिखाने के बारे में सोचने लगा। आखिर एक उपाय उसकी समझ में आया। राजस्थान के एक गाँव में उसका एक दूर का रिश्तेदार पहलवान रहता था। उसका नाम कालिया था। कालिया लम्बा, तगड़ा भीमकाय पहलवान था। सुजान सिंह ने महिपालपुर में भी दंगल करवाने का निर्णय किया। इसके लिए दिन निश्चित कर उसने कालिया को उसमें शामिल होने के लिए निमन्त्रण भेज दिया। और भी दूसरे गाँवों के पहलवानों को भी उसने बुलाया। निश्चित तारीख को दंगल हुआ। सुजान सिंह ने कालिया के साथ कुश्ती लड़ने के लिए पाँच सौ रुपयों का इनाम घोषित किया। कालिया तहमद बाँधकर दंगल के अन्दर चारों ओर चक्कर लगाने लगा। जमींदार के दो कारिन्दे उसके साथ घूमते हुए चिल्ला रहे थे, "पाँच सौ रुपयों का इनाम...है किसी पहलवान में हिम्मत हो जो कालिया पहलवान से हाथ मिलाए।"

दंगल देखने के लिए आस-पास के गाँवों से हजारों की संख्या में लोग आए थे। कुछ छोटे-मोटे पहलवान दंगल के बीच अपने करतब भी दिखा रहे थे, लेकिन कालिया से लड़ने का साहस किसी में भी नहीं हो रहा था। इधर

सुजान सिंह ने कुछ लोगों को इस बात के लिए तैयार किया कि वे गुरुपद को कालिया से लड़ने के लिए उकसायें। उन लोगों ने जाकर गुरुपद से कहा, "गुरुपद आज लगता है गाँव की इज्जत मिट्टी में मिल जाएगी। कालिया सीना ताने तुम लोगों को ललकार रहा है और तुम लोग चुप हो...कैसे पहलवान हो?"

गुरुपद थोड़ी देर तक कुछ सोचता रहा, फिर उसने आगे बढ़कर कालिया से हाथ मिला लिया। लोग सन्नाटे में आ गए। सभी कभी गुरुपद को तो कभी कालिया को देख रहे थे। कालिया उछलता हुआ कपड़े बदलने के लिए चला गया। सुजान सिंह वहीं मौजूद था। उसने कालिया को समझाते हुए कहा –"कालिया लड़ते समय मेरी बात का ख्याल रखना... आज यह घमण्डी गुरुपद सही सलामत घर वापस न जा पाये...लड़ते समय या तो इसका हाथ तोड़ देना या पैर।"

कालिया ने स्वीकृति में सिर हिलाया और लड़ने के लिए जा पहुँचा। गुरुपद पहले ही पहुँच चुका था। कुश्ती शुरू हुई। कालिया अपने दाँव पेंच चलाने लगा, जिन्हें अत्यन्त चतुराई से गुरुपद बचाता जा रहा था। गुरुपद को नीचे गिरा लेने की कालिया की हर कोशिश बेकार होती जा रही थी। गुरुपद कालिया के अनुमान से कहीं अधिक ही मजबूत निकला था। जब

कालिया काफी थक गया और उसे लगा कि वह गुरुपद को हरा न पायेगा तब उसे एक बात सूझी। वह किसी-न-किसी तरह इनाम के पाँच सौ रुपये पाना चाहता था, क्योंकि वह बेहद लालची था। उसने सोचा, अगर वह हार गया तो बदनामी तो जो होनी है वह होगी ही, इनाम से भी हाथ धोना पड़ेगा। तो क्यों न गुरुपद के इस शर्त पर सहज ही स्वयं हार जाय कि जीतने के बाद इनाम के पैसे गुरुपद उसे दे देगा। इससे कुश्ती के झंझट से भी वह बच जायेगा और इनाम भी मिल जायेगा। लड़ते-लड़ते उसने अपने मन की बात गुरुपद से धीरे से कह दी और देखते ही देखते लोगों ने देखा कालिया चित पड़ा था और गुरुपद उसकी छाती पर सवार था।

कालिया हार गया था। लोग सोच रहे थे, यह सब कैसे हो गया। गुरुपद जैसे हलके पहलवान से कालिया जैसा तगड़ा पहलवान हार गया! जमींदार सुजान सिंह की सारी योजना बेकार हो गयी थी। खिन्न तथा निराश मन से उसने गुरुपद को पाँच सौ रुपयों का इनाम दिया।

दंगल खत्म हुआ। गुरुपद अपने साथियों सहित घर चला गया। रात जब वह साथियों के साथ बैठा बातें कर रहा था, कालिया चुपके से वहाँ आया। कालिया को देखकर गुरुपद बोला, "कहो पहलवान इस गरीब के घर कैसे आना हुआ।"

कालिया परेशान था कि गुरुपद इतनी जल्दी उसकी बात भूल गया। उसे याद दिलाता हुआ वह बोला, "दंगल में मैंने तुमसे जो बात कही थी, उसके लिए...।"

"ओह" गुरुपद खिलखिला कर हँस पड़ा, फिर बोला—"कालिया, पाँच सौ रुपयों का इनाम तो मैंने कुश्ती जीतकर लिया है, फिर वह रुपये तुम्हें क्यों दूँ?"

"यह क्या बकते हो।" कालिया चीखा, "गुरुपद जब तुमने मेरी शर्त स्वीकार कर ली कि यदि मैं हार जाऊँ तो इनाम का रुपया तुम मुझे दे दोगे, तभी मैं चित हुआ था, वर्ना...।"

गुरुपद फिर ठठाकर हँसा, फिर बोला, "कालिया पहलवान, आप मूर्ख भी हैं और लालची भी। काफी देर तक लड़ने के बाद जब आपको लगा कि मुझे हराना तो दूर कहीं आप खुद न हार जाएँ तब हारने की बदनामी के

साथ-साथ इनाम के रुपयों से हाथ धो बैठने का डर आपको सताने लगा था। रुपयों के लालच में आपने हारने की बदनामी की चिन्ता नहीं की... लेकिन इन रुपयों के बारे में सोचते हुए भी आपको शर्म आनी चाहिए ... । मुझे कहते हुए दुख हो रहा है कि आप पहलवानी के नाम पर कलंक हैं, क्योंकि आप अपने गुण के प्रति ईमानदार नहीं हैं। जाइये इन रुपयों पर आपका कोई हक नहीं है।"

कालिया अपनी मूर्खता पर पछताता हुआ दूसरे दिन ही अपने गाँव वापस लौट गया।

उचित दण्ड

बहुत पुरानी बात है। महाराष्ट्र के राँझा नामक स्थान का जागीरदार अत्यन्त निरंकुश तथा अत्याचारी था। वह अपने यहाँ की गरीब जनता को तरह-तरह से परेशान किया करता था। जनता उसके अत्याचार से अत्यधिक परेशान थी। लेकिन, भय के कारण कोई भी राजा से उसकी शिकायत नहीं करता था।

एक बार वह जागीरदार नौकरों के साथ अपनी जागीर के एक गाँव के पास से होकर गुजरा। चैत का महीना था, अतः गाँव के सभी किसान फसल की कटाई तथा मड़ाई में व्यस्त थे। किसी ने जागीरदार की ओर ध्यान नहीं दिया। जागीरदार इस बात से चिढ़ गया कि गाँव के किसानों ने उसका स्वागत नहीं किया। क्रोध से लाल-पाला होता हुआ वह एक खलिहान में जा पहुँचा, जहाँ एक किसान अपने तैयार अनाज को बैलगाड़ी में लाद रहा था। जागीरदार को एकाएक अपने सामने देखकर किसान घबड़ा गया। उसने काम रोक दिया और हाथ जोड़कर जागीरदार के सामने खड़ा हो गया। जागीरदार क्रोध से तो पागल हो ही रहा था। चीखता हुआ बोला, "तुम लोगों के दिमाग बहुत चढ़ गए हैं। यह जानते हुए भी कि मैं गाँव के पास से गुजर रहा हूँ, गाँव का कोई भी व्यक्ति मेरे स्वागत के लिए नहीं आया। इसकी सजा तुम सबको भोगनी पड़ेगी।"

किसान जागीरदार के अत्याचारों के विषय में पहले ही बहुत कुछ सुन चुका था। अतः जागीरदार की बात सुनकर वह और अधिक घबराया। वह गिड़गिड़ाते हुए जागीरदार से क्षमा माँगने लगा। लेकिन किसान की गिड़गिड़ाहट का जागीरदार पर कोई प्रभाव नहीं पड़ा। उसने अपने नौकरों को आदेश दिया कि उस किसान का तैयार सारा अनाज बैलगाड़ी में भरकर राँझा ले चलें। जागीरदार का आदेश पाकर नौकरों ने किसान का शेष बचा अनाज

भी बैलगाड़ी में भर लिया और राँझा की ओर लेकर चल पड़े। किसान ने रोते हुए जागीरदार से कहा कि उसके बच्चे भूखे मर जाएँगे, लेकिन इस बात का उस पर कोई असर नहीं हुआ। वह अनाज से भरी बैलगाड़ी हँकवाकर चला गया और किसान मजबूरी के आँसू बहाता हुआ अपने वर्ष भर के परिश्रम को यों ही जाता देखता रहा।

किसान नहीं सोच पा रहा था कि वह अपने परिवार का पालन अब कैसे करेगा। आखिर बहुत सोचने के बाद उसने राजा के पास जाकर जागीरदार की शिकायत करने का निर्णय किया। एक दिन वह राजा के पास जा पहुँचा और राजा से जागीरदार के अत्याचार की कहानी कह सुनाई। किसान की दुखद कहानी सुनकर राजा बहुत द्रवित हुए। उन्होंने राजकोष से उस किसान को थोड़ा-सा धन दिया और कहा कि एक सप्ताह बाद आकर वह पुनः उनसे मिले।

किसान के चले जाने के बाद राजा ने जागीरदार को पकड़ने के लिए अपने सिपाही राँझा की ओर दौड़ा दिए। दूसरे दिन सिपाहियों ने जागीरदार को पकड़कर राजा के सामने ला उपस्थित किया।

राजा ने जागीरदार से पूछा, "उस किसान का अनाज तुमने क्यों छीना?"

"ये किसान बहुत धूर्त और अहंकारी हैं महाराज। इनके लिए तो यह सजा भी कम है।" अत्यन्त धृष्टतापूर्वक जागीरदार ने उत्तर दिया।

राजा ने समझ लिया कि किसान की शिकायत ठीक है। जागीरदार ने व्यर्थ ही उसे सताया है। जागीरदार को सजा सुनाते हुए उन्होंने कहा, "तुमने उस गरीब किसान का अनाज छीनने का अपराध किया है। अतः तुम्हें बिना भोजन आठ दिन के लिए सपरिश्रम कारावास का दण्ड दिया जाता है। यही तुम्हारे लिए उचित दण्ड है।"

राजा की आज्ञा से जागीरदार को कारागार में बंद कर दिया गया। चार दिन तक तो जागीरदार किसी प्रकार भूख को दबाए रहा, लेकिन पाँचवें

दिन भूख के कारण वह बेचैन हो उठा। भूख उसके बर्दाश्त से बाहर हो रही थी। उसने कोतवाल से गिड़गिड़ाकर भोजन की माँग की। इस पर डाँटते हुए कोतवाल ने उससे कहा, "दूसरों का भोजन छीनते हुए शर्म नहीं आयी थी। खुद थोड़े दिनों के लिए भी भूखा नहीं रहा जाता। अब भोजन तो सजा पूरी होने के बाद हो मिलेगा। राजा का आदेश हम नहीं बदल सकते।"

जागीरदार विवश होकर चुप रह गया। दो दिन और उसने किसी प्रकार काटे, लेकिन सजा मिलने के सातवें दिन वह भूख के कारण व्याकुल

हो उठा। कभी भूखा रहने का अभ्यस्त न होने के कारण भूख से उसके आँसू निकलने लगे। चेहरा पीला पड़ गया। वह चीख-चीखकर रोने लगा। उसके रोने की आवाज़ कारागार की दीवारों को पार कर कोतवाल के कानों में पड़ी। कोतवाल अपना डण्डा हिलाता हुआ उसके पास पहुँचा। जागीरदार ने गिड़गिड़ाकर रोते हुए पुनः भोजन की माँग की।

कोतवाल ने जागीरदार की स्थिति के विषय में जाकर राजा को बताया। राजा ने जागीरदार को दरबार में हाजिर करने के लिए कोतवाल से कहा। उस दिन वह किसान भी आया हुआ था और दरबार में उपस्थित था। कोतवाल ने जागीरदार को राजा के सामने ला उपस्थित किया। राजा ने देखा कि एक सप्ताह में ही उस अत्याचारी जागोरदार का चेहरा भूख के कारण पीला पड़ चुका था। उन्होंने उससे पूछा, "अब तक शायद तुम्हें अहसास हो चुका होगा कि भूख किसे कहते हैं। जब तुम आठ दिन भी भूखे नहीं रह सकते, तब इस गरीब किसान का अनाज छीनते समय तुमने यह क्यों नहीं सोचा था कि इसका परिवार बिना अन्न साल भर तक कैसे जीवित रह सकेगा।"

राजा की बात सुनकर जागीरदार उनके पैरों पर गिर पड़ा और रोते हुए बोला, "मेरा अपराध क्षमा कर दें महाराज। मैंने बहुत बड़ी गलती की है। तब मेरे अंदर का इंसान मरा हुआ था। लेकिन आपने मुझे इन्सान बना दिया है।

राजा ने जागीरदार को क्षमा कर दिया और किसान का सारा अनाज वापस करने की हिदायत देकर उसे छोड़ दिया। यह राजा कोई और नहीं, छत्रपति शिवाजी थे। इस घटना के बाद उनके राज्य में कभी किसी जागीरदार ने जनता को सताने का साहस नहीं किया।

रक्षक

कंचन वन के बीच में एक सरोवर था। उसका पानी सदैव निर्मल बना रहता, जिसकी एक विशेषता यह भी थी कि वह गर्मी में शीतल और जाड़े में कुछ गर्म रहता। इसीलिए जंगल के अधिकांश पक्षियों ने सरोवर के आस-पास के पेड़ों पर अपने घोंसले बना लिए थे। सारे दिन वहाँ पक्षियों का कलरव गूँजता रहता, जिससे वातावरण अत्यधिक सुहावना हो जाया करता था।

एक बार एक उल्लू पक्षी कहीं से भटकता हुआ उस जंगल में आ फँसा। गर्मी के दिन थे। उसे बहुत जोरों की प्यास लगी थी। पानी की तलाश करता-करता वह सरोवर तक जा पहुँचा। अब तक वह बहुत अधिक थक चुका था। पानी पीने के बाद वह आराम करने लगा। उसे नींद आ गयी और वह सो गया। वैसे भी उल्लू दिन में सोता और रात में जागता है। उसकी नींद तब खुली जब दिन ढल रहा था। अंधेरा पेड़ों की फुनगी से नीचे उतरने लगा था। वहाँ के सभी पक्षी दिन भर अपने बच्चों के लिए भोजन इकट्ठा करके अपने-अपने घोंसलों में वापस लौट आए थे। अपने माँ-बाप से दिन भर के बाद मिलने के कारण बच्चे खुशी से शोर मचा रहे थे।

उल्लू को वहाँ का वातावरण बहुत अच्छा लगा। उसका मन अब वहाँ से जाने का नहीं हुआ। उसने वहीं रहने का निर्णय किया और उड़कर एक पेड़ की डाल पर जाकर बैठ गया। रात जब काफी गहरा गई और पक्षियों के बच्चे सो गये तब पक्षीगण भी सोने की तैयारी करने लगे। सोने से पहले कुछ पक्षियों की आदत थी कि वे घोंसले से बाहर झाँककर जरूर देख लिया करते थे। बाद में निश्चिन्त होकर सोते थे। उस दिन जब कुछ ने बाहर झाँककर देखा तो उन्हें उस पेड़ पर दो आँखें चमकती नजर आईं। वे उल्लू की आँखें थीं। उल्लू की आँखें रात में चमकती रहती हैं। वे पक्षी घबड़ा

गये। उन्होंने शोर मचा दिया, जिससे दूसरे पक्षी भी घोंसलों से बाहर आ गये। सब मिलकर वहाँ पहुँचें, जहाँ उल्लू बैठा था। उससे पहले उस जंगल के पक्षियों ने उल्लू नहीं देखा था। सब ने समझा कि वह कोई खतरनाक जीव है और रात में उनके बच्चों को उठा ले जाने के लिए वहाँ आकर बैठा है। देखते ही देखते वे उसे वहाँ से भगाने पर तुल गए। उल्लू ने उन्हें बहुत समझाने की कोशिश की कि वह उन्हीं की जाति का है, और उनका अहित करने के इरादे से वहाँ नहीं बैठा था, किन्तु पक्षियों ने उसकी एक बात भी नहीं सुनी। आखिर मजबूर होकर उल्लू को वहाँ से हटकर दूर जाकर एक पेड़ पर रात गुजारनी पड़ी।

इस घटना के दूसरे ही दिन वहाँ एक बन्दर आया। वह भी बहुत अधिक थका हुआ था और सोना चाहता था। एक पेड़ की डाल पर वह लेट गया और सरोवर की ओर से बहकर आने वाली शीतल हवा पाकर गहरी नींद सो गया। वह अभी सोया ही था कि ऊपर आमने-सामने घोंसलों में रहने वाले पक्षियों के दो बच्चे चिण्टू और पिण्टू आपस में खेलते-खेलते किसी बात पर झगड़ पड़े और गुत्थम-गुत्था होकर उस सोये बन्दर के ऊपर आ गिरे। गहरी नींद में सोये बन्दर की नींद उचट गयी। उसने उठकर दोनों को पकड़ना चाहा कि उसका सन्तुलन बिगड़ गया। वह धड़ाम से नीचे आ

गिरा। क्रोध से वह आग बबूला हो उठा। उसने ऊपर देखा, दोनों बच्चे डरकर उसकी पकड़ से बाहर एक डाल पर जा बैठे थे।" अब यहाँ नहीं सोऊँगा, लेकिन इन्हें सबक जरूर सिखाऊँगा'' कहता हुआ वह उस पेड़ पर जा पहुँचा, जहाँ उल्लू लेटा था। लेकिन वहाँ गर्मी अधिक थी, इससे बन्दर को नींद नहीं आई। वह करवटें बदलता रहा और बुदबुदाता रहा कि, "होने दो रात, इन पक्षियों के सारे घोंसले उजाड़कर ही दम लूँगा।" उसकी बात उल्लू सुन रहा था। उल्लू सतर्क होकर उसकी गतिविधि को ध्यान से देखने लगा।

रात हुई। जब सारे पक्षी सो गये तब बन्दर वहाँ पहुँचा। वह उस पेड़ पर चढ़ने लगा, जिस पर चिण्टू-पिण्टू रहते थे। उसका इरादा पहले उन्हीं दोनों के घोंसलों को उजाड़ने का था। वह घोंसलों तक पहुँचता, इससे पहले ही उसकी गर्दन के पास चोंच से किसी ने चोट किया। वह लड़खड़ाकर नीचे

जा गिरा। उसने ऊपर देखा, एक डाल पर दो चमकती आँखें उसे घूर रहीं थीं। उसके गिरने की आवाज़ से दूसरे पेड़ के घोसलों में सोये पक्षी जाग गए। वे चुपचाप बाहर झाँककर देखने लगे।

नीचे गिरने से बन्दर को और अधिक गुस्सा आया। वह और तेजी से ऊपर चढ़ा। लेकिन इस बार भी चमकती आँखों वाले पक्षी ने उस पर चोट

की। बन्दर फिर नीचे जा गिरा। अब वहाँ शोर मच गया। सारे पक्षी इकट्ठा हो गए। चिण्टू-पिण्टू भी जाग गए थे। उन्होंने बन्दर को पहचान लिया और दिन की घटना सभी को बता दी। बन्दर डरकर वहाँ से भाग खड़ा हुआ। सारे पक्षियों ने उन चमकती आँखों वाले को घेर लिया। वह तो वही उल्लू था। जब उल्लू जाने लगा तब उन्होंने पिछले दिन उसके साथ किए गए अपने दुर्व्यवहार के लिए उससे क्षमा माँगते हुए कहा—"आप न होते तो हम लोग तो आज उजड़ जाते। आपने हमारी रक्षा की है...हम अब आपको यहाँ से न जाने देंगे।"

उल्लू को क्या इन्कार हो सकता था। तब से वह उन लोगों के साथ आराम से रह रहा है।

दृढ़ निश्चय

जरीना ने देखा, निपट दोपहरी के समय एक घोड़ा-गाड़ी ठीक उसकी हवेली के सामने आकर रुकी। गाड़ी से चार गोरे सिपाही और एक अफसर नोचे उतरे। सबने चारों तरफ नजरें दौड़ाकर हवेली को देखा, फिर वह गोरा अफसर एक सिपाही की ओर मुड़कर बोला, "यह...यह हवेली मेरे रहने के लिए ठीक रहेगी...क्यों डेविड?"

"जी हुजूर।" डेविड ने सिर झुकाकर अंग्रेजी में कहा।

"इस मोहल्ले का नाम क्या है?" अफसर ने पूछा।

"साहब इसे गोलागंज कहते हैं।"

"ठीक, डविड आज शाम को हवेली हमारे कब्जे में होनी चाहिए.... चलो।" सभी गाड़ी में सवार होकर चले गए। छज्जे पर खड़ी ग्यारह साल की जरीना सब बातें सुन रही थी। वह इस बात से परेशान हुई कि शाम को उसकी हवेली पर फिरंगियों का कब्जा हो जायेगा। उसकी अम्मी घर पर थी नहीं। वह असहाय-सी कमरों में इधर से उधर चक्कर लगाने लगी।

शाम होने से कुछ देर पहले जब अम्मी आईं तब उसने उन गोरों की बातें उन्हें बताईं। फिर बोली! "अम्मी जान, आप कुछ कीजिए न! बादशाह हुजूर से कहिए नहीं तो....।"

उसकी बात बीच में ही काटकर अम्मी बोलीं, "बेटी, अब वक्त बहुत कम बचा है। वे जालिम आते ही होंगे। अगर मैं किसी के पास मदद के लिए गई तो फिर तू अकेली रह जायेगी और तब...नहीं, मैं अब कहीं नहीं जाऊँगी। जो खुदा को मंजूर होगा, वही होने दो।" कहकर अम्मी रोने लगीं।

जरीना उनके पास आकर सहमी-सी खड़ी हो गयी। वह नहीं समझ पा रही थी कि इस आने वाली मुसीबत का सामना वह और उसकी अम्मी कैसे कर पायेंगी। अम्मी ने उसकी ओर देखा और बोलीं, "जरीना, ये दुर्दिन

देखने के लिए ही अल्ला ताला ने तेरे अब्बा जान को हमसे छीन लिया था।"

अब जरीना भी अपने को रोक न पाई और रोने लगे। तभी उसे हवेली की सीढ़ियाँ चढ़ते हुए कुछ बूटों की आवाज सुनाई पड़ी। थोड़ी देर में ही गोरे सैनिकों ने हवेली का सामान उठाकर बाहर रखना शुरू कर दिया। देखते ही देखते जरीना और उसकी अम्मी सड़क पर आ गईं। लखनऊ शहर जब सोने की तैयारी कर रहा था, वे माँ-बेटी आश्रय ढूंढ़ रही थीं। कोई भी उनकी मदद के लिए नहीं आया। ज़रीना के दिल में फिरंगियों के प्रति नफरत पैदा हो गयी। वह रोते हुए मन-ही-मन सोच रही थी कि काश, वह बड़ी होती। तब इन फिरंगी सिपाहियों से लड़ती हुई मर भले ही जाती, लेकिन अपने घर में उनको कब्जा न करने देती। जरीना ने मन में दृढ़ निश्चय किया कि बड़ी होकर अवसर मिलने पर वह इन अत्याचारियों से अवश्य बदला लेगी।

जरीना की अम्मी ने उसी मोहल्ले की बीबी नसीबन के यहाँ कुछ दिन रहने की बात सोची और रात के अंधेरे में उन्होंने बीबी नसीबन का दरवाजा खटखटाया। दरवाजा नसीबन ने ही खोला। अम्मी ने फिरंगियों के जुल्म की कहानी उनसे कह सुनाई। सुनकर बीबी नसीबन ने दुखी स्वर में कहा, "बीबी, आप मेरे घर में आ जाओ। मैं सुबह ही बेगम साहब से कहूँगी। वह

बादशाह हुजूर से 'रेजीडेण्ट' को कहलवाकर तुम्हारी हवेली खाली करवाने की कोशिश जरूर करेंगी।"

बीबी नसीबन बादशाह के महल में काम करने जाती थीं। उन्होंने बेगम किश्वर से अंग्रेजों की मनमानी की शिकायत की और रात की घटना कह सुनाई, लेकिन कोई लाभ न हुआ।

साल के बाद साल गुजरते गए जरीना और उसकी अम्मी बीबी नसीबन के यहाँ ही रहती रहीं। धीरे-धीरे जरीना बड़ी होती गयी। आखिर एक दिन उसके भाग्य ने पलटा खाया। वाजिदअली शाह लखनऊ के बादशाह बने। बीबी नसीबन ने उनकी माँ मलिका किश्वर से जरीना की खूब तारीफ की। और सचमुच जरीना का विवाह बादशाह के साथ हो गया। बादशाह वाजिदअली शाह ने उसका नाम बदलकर रखा बेगम हजरत महल।

जब अंग्रेजों ने अवध का राज्य हड़पकर बादशाह वाजिदअली शाह को कलकत्ता के 'फोर्ट विलियम' में कैद कर लिया, उन दिनों बेगम हजरत महल लखनऊ में थीं। अंग्रेजों के एक के बाद एक अत्याचार देखकर उनका खून खौल उठा। उन्हें अपने पुराने दुर्दिन याद आ गए और याद आ गई वह बात कि उन्होंने बचपन में यह निश्चय किया था कि अगर कभी अवसर मिला तो वह फिरंगियों को यहाँ से मार भगाएँगी।

अब वह अवसर आ गया था। वह सन् 1857 ई. का वर्ष था। नाना साहब, तात्या टोपे, रानी लक्ष्मीबाई तथा अजीमुल्ला खाँ द्वारा लगाई गई क्रान्ति की आग चारों ओर तेजी से फैल रही थी। बेगम हजरत महल ने भी तलवार हाथ में पकड़ ली और अंग्रेजों के विरुद्ध युद्ध की घोषणा कर दी। मौलवी अहमद शाह आदि वीरों के साथ मिलकर उन्होंने जमकर अंग्रेजों से युद्ध किया और लखनऊ से अंग्रेजी शासन को मिटा दिया। लेकिन, दुर्भाग्य से कुछ दिनों बाद अंग्रेजों ने छल-प्रपंच से पुनः लखनऊ पर अपना अधिकार कर लिया। निराश होकर बेगम हजरत महल नेपाल चली गईं। और देश की स्वतन्त्रता का सपना संजोये हुए वहीं उनकी मृत्यु हो गयी थी। शरीर से वह अवश्य मर गईं, किन्तु इतिहास में वह सदैव अमर रहेंगी।

नन्हीं मछली

एक दिन उषा और मनीष अपने ममी-पापा के साथ नदी किनारे घूमने के लिए गए। शाम का समय था। ठण्डी-ठण्डी हवा चल रही थी। नदी के किनारे हरी-हरी घास उगी हुई थी। ममी-पापा घास पर बैठकर हवा का आनन्द लेने लगे और उषा और मनीष खेलने लगे। खेलते-खेलते दोनों नदी के बिल्कुल किनारे पानी के पास पहुँच गये। पानी के पास पहुँचते ही उन दोनों ने देखा कि पानी के अन्दर कोई चमकीली चीज तेजी से किनारे की ओर बढ़ रही है। वह चमकीली चीज किनारे से कुछ दूरी पर आकर रुक गई और एक ही स्थान पर हिलने-डुलने लगी। थोड़ी देर तक उषा सोचती रही कि वह है क्या? उसने किताबों में उसके चित्र देखे थे। थोड़ी ही देर में वह पहचान गई और खुशी से उछलती हुई मनीष से बोली, "मनीष जानते हो वह क्या है?"

मनीष उषा की बात का बिना कोई उत्तर दिए पानी में हिलती-डुलती उस चीज को ही देख रहा था। मनीष का हाथ पकड़कर उषा बोली, "वह है मछली।"

दोनों की आवाज सुनकर मछली कुछ और किनारे की ओर आ गई। अब वे दोनों अच्छी तरह से उसे देख सकते थे। मछली को और पास आया देखकर उषा ने गाना गाना शुरू कर दिया—

तालाब, नदी या सागर का पानी,
इनमें रहती तुम मछली रानी।
कभी यहाँ तो कभी वहाँ तुम आती जाती,
कैसे लेती साँस और तुम क्या हो खाती।

मछली अब बिल्कुल पानी की सतह पर आ गई। उसने अपना मुँह पानी से बाहर निकाला और बोलना शुरू कर दिया। उषा और मनीष को

आश्चर्य हो रहा था, लेकिन मछली बोलती जा रही थी।

उसने कहा—"बिटिया रानी तुम हम मछलियों के बारे में जानना चाहती हो। तो सुनो। मैं तुम्हें बताती हूँ। हम मछलियाँ पानी के अन्दर रहती हैं। लेकिन पानी के अन्दर रहने वाले सभी जीव मछली नहीं होते। पानी में मछलियों के अलावा दूसरे जीव भी रहते हैं। परन्तु मछली दूसरे जीवों से अलग प्रकार का जीव है। मछली वही है जिसके गलफड़े और पंख तो होते हैं, किन्तु पैर नहीं होते।

गलफड़ों की मदद से मछली पानी में मिली आक्सीजन प्राप्त करती है और उसी से साँस लेती है। वह पानी के बाहर साँस नहीं ले सकती। इसीलिए पानी से बाहर होते ही वह मर जाती है। पंख मछली को पानी में तैरने में सहायता करते हैं। इसीलिए वह तेजी से इधर-उधर आती जाती रहती है। लगभग सभी मछलियों के शरीर में हवा से भरे कोश होते हैं। जब उसे पानी में नीचे जाना होता है तब वह उन कोशों की हवा कम कर देती है और जब उसे सतह पर आना होता है, तब उन कोशों में हवा भर लेती है।"

"तुम दोनों को यह भी बता दूँ कि मछली का खून ठण्डा होता है। इसीलिए बर्फीले प्रदेशों में रहने वाली मछलियाँ कभी-कभी अधिक बर्फ

गिरने पर बर्फ के साथ ही जम जाती हैं। अरे मेरी बात से तुम दोनों चौंक क्यों गये! अच्छा यह सोचकर कि तब वे मर जाती होंगी। नहीं वे मरती नहीं। उनका खून ठण्डा होता है न इसलिए। जब भी बर्फ पिघलती है, वे मछलियाँ भी अपने भोजन की खोज में चल पड़ती हैं। लेकिन तुम अब जानना चाहोगे कि मछलियाँ खाती क्या हैं? कुछ मछलियाँ तो पानी में होने वाली काई खाती हैं और कुछ पानी के छोटे जीवों से अपना पेट भर लेती हैं। बस यही मछलियों का भोजन है।

जानते हो, मछलियों के आँखें तो होती हैं, लेकिन उन पर पलकें नहीं होतीं। उनके कान भी नहीं होते। उनके सिर के अन्दर एक यन्त्र होता है, जिससे वे सुन तो लेती हैं, किन्तु बहुत कम। लेकिन मछलियों की सूंघने की शक्ति बहुत तेज होती है। बहुत दूर की गंध भी वे सूंघ लेती हैं और किसी चीज के जाने मात्र से ही वे तेजी से भाग निकलती हैं।"

उस नन्हीं मछली को बीच में ही रोककर उषा ने पूछा, "मछली रानी मुझे यह तो बताओ कि संसार में सबसे छोटी और सबसे बड़ी मछली कौन-सी होती है?"

"मैं जो बताने जा रही थी, तुमने वही बात पूछ ली बिटिया।" मछली ने कहा और बताना शुरू कर दिया–"संसार में सबसे छोटी मछली होती है गोबी, जिसकी लम्बाई होती है कुल आधा इंच और सबसे बड़ी मछली का नाम है ह्वेल, जो पचास फुट तक लम्बी होती है। ह्वेल बड़ी खतरनाक होती है। यह समुद्र में चलने वाले जहाजों को डुबा देती है। बड़े-बड़े जीवों को खा जाती है। यहाँ तक कि पाने पर आदमी को भी खा जाती है।"

"आदमी को?" मनीष ने आश्चर्य पूर्वक पूछा।

"हाँ बेटे आदमी को भी। मैं तुमको एक छोटी-सी सच्ची घटना सुनाती हूँ। सुनो।" दोनों ध्यान पूर्वक सुनने लगे।

"आज से लगभग पन्द्रह साल पहले की बात है। इंग्लैण्ड के कुछ मछुआरे मछली पकड़ने वाले जहाज पर सवार होकर समुद्र में ह्वेल मछली का शिकार करने के लिए निकले।"

"इतनी खतरनाक मछली का शिकार वे किसलिए करते थे?" उषा ने पूछा।

"ह्वेल का शिकार करके लोग उसको भोजन के काम में तो लाते ही हैं, उससे तेल भी बनाते हैं। यह तेल बहुत उपयोगी होता है।"

मछली का उत्तर सुनकर दोनों चुप रहे। थोड़ी देर रुककर मछली ने बताना शुरू किया–"समुद्र में चलते-चलते उनका जहाज बहुत दूर पहुँच गया, लेकिन उन्हें कहीं ह्वेल दिखाई नहीं पड़ी। निराश होकर सब लोग जहाज के डेक पर बैठ गये और बातें करने लगे। लेकिन मार्टिन नाम का एक आदमी डेक पर बिल्कुल किनारे खड़ा देखता रहा कि शायद कहीं ह्वेल दिखाई पड़ जाय। अभी थोड़ा समय ही बीता था कि अचानक ठीक जहाज के पास एक ह्वेल मछली ऊपर को मुँह उठाए समुद्र के अन्दर से ऊपर आती दिखाई पड़ी। मछली का मुँह पूरी तरह खुला हुआ था। मार्टिन खुशी से चीख पड़ा और साथियों से बोला–"दौड़ो...पकड़ो...ह्वेल।"

लेकिन खुशी में मार्टिन को यह ध्यान न रहा कि उसका सन्तुलन बिगड़ गया है। जब तक उसके साथी दौड़ते, मार्टिन ह्वेल के खुले मुँह में जा गिरा और सीधे उसके पेट में चला गया। उसके साथी घबड़ा उठे। लेकिन उन लोगों ने हिम्मत नहीं हारी। धैर्य से काम लिया और किसी प्रकार जाल में फंसाकर ह्वेल को जहाज में ऊपर खींच लिया। उन लोगों ने तुरन्त जहाज

को तट की ओर मोड़ दिया। इंग्लैण्ड के एक बहुत बड़े अस्पताल में ह्वेल का पेट चीरा गया और मार्टिन को बाहर निकाला गया। मार्टिन जिन्दा था, लेकिन वह बेहोश था। उसका इलाज किया गया। वह जीवित तो बच गया, किन्तु छः महीने तक उसे होश नहीं आया। छः महीने बाद जब मार्टिन को होश आया और उसने अपना शरीर देखा तो वह दंग रह गया। उसका गोरा चिट्ठा शरीर एक दम काला था। जानते हो मार्टिन काला क्यों हो गया था? "ह्वेल के पेट में जो तेज एसिड था, इसलिए।"

इतना कहकर मछली चुप हो गयी। उसे चुप देखकर उषा बोली—"मछली रानी, तुमने मुझे बहुत अच्छी-अच्छी बातें बतायीं। मेरा मन कर रहा है कि मैं तुम्हें अपने हाथ में लेकर प्यार करूँ। तुम मुझे बहुत अच्छी लगने लगी हो।"

नन्ही मछली चौकन्नी हो गयी और बोली—"बिटिया रानी—

"मैं तो हूँ जल की रानी,
जीवन है मेरा पानी।
हाथ लगाओ डर जाऊँगी,
बाहर निकालो मर जाऊँगी।

और वह गड़ाप से पानी के अन्दर चली गयी। उषा और मनीष भी ममी-पापा के पास वापस लौट आए।

सच्चा सत्कार

रात काफी बीत चुकी थी, लेकिन बादशाह जहाँगीर सोने के बजाय शहर घूमने की तैयारी कर रहे थे। उन्होंने बादशाही कपड़े उतार दिए और साधारण कपड़े पहन लिए थे। ऊपर से एक लबादा भी ओढ़ लिया था।

महल से निकलकर वह एक सीधी सड़क पर चलने लगे। कुछ दूरी पर उन्हें सड़क के किनारे एक बड़े से पत्थर पर बैठा हुआ एक आदमी दिखायी दिया। वह उसके निकट जाकर चुपचाप खड़े हो गए। लेकिन, वह आदमी उनकी उपस्थिति से बेखबर कोई शेर गुनगुनाने में मस्त था। बादशाह चुपचाप उसका शेर सुनते रहे। लेकिन, जैसे ही शेर खत्म हुआ, बादशाह के मुँह से निकल पड़ा, "बड़ा लाजवाब शेर था। और आप गा भी बहुत अच्छा रहे थे।"

अपनी प्रशंसा सुनकर वह आदमी चौंका और अचकचाकर उठते हुए बोला, "भाई, मैं तो ऐसे ही गुनगुनाने लगा था। क्या आप बता सकते हैं, इस समय क्या वक्त हुआ होगा?"

"एक पहर रात बीत चुकी है।"

"ओह! बहुत रात हो गयी।" उसने घबराते हुए कहा और फिर बादशाह से पूछा, "आपको किधर जाना है?"

"जिधर आपको जाना है, उधर ही।" कहकर बादशाह उसके साथ चल पड़े। उस आदमी ने कुर्ते की जेब से पान की थैली निकाली और बादशाह की ओर बढ़ाते हुए कहा, "जनाब, पान खाएँगे?"

बादशाह ने पान ले लिया। पान बहुत स्वादिष्ट व सुगंधित था। बादशाह ने पान की बहुत तारीफ की। इस पर खुश होते हुए वह बोला, "जनाब, इसमें कोई खास चीज नहीं पड़ी है। एक सुगन्धित मसाला जरूर पड़ा हुआ है। यह मसाला मैं अपने एक मित्र के पास से लाता हूँ। वह शहर

के पास ही एक गाँव में रहता है। मैं इस समय उसी के यहाँ से आ रहा हूँ।"

बादशाह उसके साथ बात करते हुए एक चौराहे तक पहुँच गए। इतनी देर की बातचीत में ही दोनों में काफी मित्रता-सी हो गयी। इसीलिए उसने बादशाह से कहा, "जनाब, आप कल दोपहर के समय मेरे घर आकर भोजन करें। तब मैं आपको बहुत ही बेहतरीन पान खिलाऊँगा। यह पान जो अभी आपने खाया था, उसके मुकाबले में कुछ भी नहीं है।"

बादशाह ने दूसरे दिन दोपहर का भोजन उसके यहाँ करने का उसका निमंत्रण स्वीकार कर लिया। लेकिन, जैसे ही वह आदमी दूसरी सड़क पर जाने को हुआ, वैसे ही उन्होंने पूछा, "अरे, आप यह तो बता जाइए कि आपका नाम क्या है और आप रहते कहाँ हैं?"

"जनाब, मेरा नाम है सिकन्दर जुलाहा और मेरा मकान जुलाहों की बस्ती में दूसरी छोर पर है।"

इसके बाद दोनों अलग-अलग रास्तों में मुड़ गए।

दूसरे दिन जब सिकन्दर जुलाहा सोकर उठा तो सबसे पहले उसे इसी चिंता ने आ घेरा कि कल रात जिस आदमी को उसने खाने पर बुलाया है उसे वह खिलाएगा क्या? घर में तो ज्वार के आटे के अतिरिक्त कुछ भी नहीं है। काफी देर सोचने के बाद एक बात उसके दिमाग में आई कि वह किसी खेत में जाकर हरे चने तोड़ लाए, उनकी सब्जी बन जाएगी और ज्वार की रोटियाँ तो हैं ही।

इसके बाद उसने बहुत स्वादिष्ट और सुगन्धित पान लगाकर पानदान में रख लिया और मेहमान के आने का इन्तजार करने लगा। दोपहर होते ही उसने देखा कि हाथी पर सवार बादशाह जहाँगीर चले आ रहे हैं। हाथी के आगे-आगे कुछ सेवक और बाजे वाले बाजे बजाते हुए चल रहे थे। सेवक पूछ रहे थे कि सिकन्दर जुलाहा का मकान कौन-सा है?

बादशाह के सेवकों के मुँह से अपना नाम सुनकर सिकन्दर घबड़ा उठा। वह नहीं समझ पा रहा था कि बादशाह को उसकी क्या जरूरत पड़ गयी। इतनी देर में बादशाह का हाथी उसके घर के सामने आ खड़ा हुआ। सेवकों ने उसे बताया कि बादशाह आज दोपहर का भोजन उसके यहाँ करेंगे, क्योंकि कल रात उसने उन्हें निमन्त्रित किया था। अब सिकन्दर की

समझ में आया कि रात उसने जिसे खाने पर निमन्त्रित किया था, वह कोई और नहीं, बादशाह जहाँगीर हैं।

वह बादशाह को घर में ले गया। उसने चारपाई पर पुरानी-सी दरी बिछाकर बादशाह को बैठाया और फिर एक थाली में चने का साग और ताजी पकी ज्वार की रोटियाँ ले आया। थाली बादशाह के सामने रखकर

हाथ जोड़कर वह बोला, "जहाँपनाह, गुस्ताखी माफ हो। कल रात मैं आपको पहचान नहीं पाया था। घर में जो कुछ भी रूखा-सूखा है, आपके सामने हाज़िर है। हुजूर, खाना शुरू करें।"

बादशाह ने खाना खाया और भरपेट खाना खाया। खाना खाने के बाद बादशाह ने सिकन्दर से कहा, "आज जैसा स्वादिष्ट भोजन मैंने जिन्दगी में पहली बार किया है।"

बादशाह के मुँह से यह सुनकर सिकन्दर की खुशी का ठिकाना न रहा। इसके बाद उसने बादशाह को वह पान दिया, जिसे उसने पहले ही पानदान में बनाकर रख लिया था।

पान खाकर बादशाह ने सिकन्दर से कहा, "किसी भी प्रकार के दिखावटीपन का प्रदर्शन न कर तुमने जो मेरा सत्कार किया है, उससे मैं बहुत प्रसन्न हूँ। तुम्हारे इस सच्चे सत्कार के लिए मैं तुम्हें एक लाख रुपये इनाम में देता हूँ।"

यह सुनकर सिकन्दर की खुशी का ठिकाना न रहा।

विचित्र कानून

आगरा का बादशाह औरंगजेब एक जिद्दी तथा कट्टर बादशाह था। इस बादशाह में जहाँ अनेक कमियाँ थीं, वहाँ उसमें कुछ अच्छाइयाँ भी थी। वह खजाने के धन को अपने लिए नहीं खर्च करता था, क्योंकि इस धन को वह प्रजा का धन मानता था। स्वयं रात में कुरान शरीफ की आयतें लिखकर उससे प्राप्त धन से अपने निजी खर्चों को पूरा किया करता था। इसी प्रकार वह नियम तथा कानून का भी पक्का था। दरबारियों तथा प्रजा के लिए बनाये गए कानूनों का वह स्वयं सख्ती से पालन किया करता था।

एक बार की बात है। बादशाह ने अपना जन्म दिवस बड़े धूमधाम से मनाया। इस अवसर पर उनके दरबारियों और अमीरों ने उन्हें बहुमूल्य उपहार भेंट किए। बादशाह के दरबार में मुनव्वर अली नाम के एक अमीर थे। वह भी बादशाह को भेंट में देने के लिए बहुत-सी कीमती वस्तुएँ तथा हीरे जवाहरात साथ लाए थे। बारी आने पर मुनव्वर अली बादशाह के पास पहुँचे। उन्होंने काफी लम्बी दाढ़ी रखा रखी थी। उनकी आदत थी कि वह हरदम दाहिने हाथ से अपनी दाढ़ी सहलाया करते थे। बादशाह के पास पहुँचकर उन्होंने उन्हें झुककर आदाब किया और एक ओर खड़े होकर अपनी दाढ़ी सहलाने लगे। वह दाढ़ी पर हाथ फेरते हुए बादशाह को देख रहे थे। उन्हें यह याद ही न रहा कि भेंट देकर उन्हें लौट जाना चाहिए।

औरंगजेब तो वैसे ही क्रोधी स्वभाव का बादशाह था। मुनव्वर अली को अपने सामने दाढ़ी सहलाता देखकर उन्हें क्रोध आ गया। कुछ तेज स्वर में उन्होंने पूछा, "मियाँ मुनव्वर, यहाँ खड़े क्या मेरी शक्ल देख रहे हो?"

"हुजूर...हुजूर...।" घबराहट में मुनव्वर अली आगे कुछ भी नहीं कह पाये। अब उन्हें होश आया कि उन्हें बादशाह को भेंट भी देनी है। भेंट देकर घबराहट के कारण लड़खड़ाते कदम वह वापस अपने आसन पर आकर बैठ गये।

उत्सव समाप्त हो जाने पर सभी लोग आनन्द में झूमते हुए अपने-अपने घरों को चले गए। लेकिन दूसरे दिन जब दरबार लगा तो सभी दरबारी बादशाह का नया कानून सुनकर अत्यधिक परेशान हुए। बादशाह का नया कानून था कि शहर में कोई भी मुसलमान चार उंगल से अधिक लंबी दाढ़ी नहीं रख सकेगा। और बादशाह भी केवल छह उंगल लम्बी दाढ़ी रखेंगे।

कानून बनाने के साथ ही बादशाह ने एहतियात खाँ नाम का एक अधिकारी भी इस काम के लिए नियुक्त कर दिया कि वह दिन भर शहर में घूम-घूम कर लोगों की दाढ़ियों का जायजा लेगा। उसके साथ एक नाई भी रहेगा। एहतियात खाँ जिसकी दाढ़ी चार उंगल से अधिक बढ़ी पाएगा, साथ का नाई नापकर अतिरिक्त दाढ़ी काट दिया करेगा। इस कानून की घोषणा करने के तुरन्त बाद बादशाह ने मुनव्वर अली को बुलाया और एहतियात खाँ से नपवाकर सबसे पहले उनकी दाढ़ी कटवाकर चार उंगल की करवा दी। बादशाह अपनी दाढ़ी पहले ही कटवा कर आए थे, जो छह उंगल लम्बी थी।

इस विचित्र कानून के बनने के बाद सभी मुसलमानों ने अपनी दाढ़ी कटा-छटाकर चार उंगल की कर ली। जिन्होंने ऐसा नहीं किया, उनकी दाढ़ी को एहतियात खाँ ने अपने साथ नियुक्त नाई से कटा-छटा दिया। उस दिन के बाद एहतियात खाँ प्रतिदिन नाई को साथ लिए शहर में घूमता रहता था।

एक दिन घूमते हुए वह दरबार में जा पहुँचा। उसने पहले वहाँ उपस्थित दरबारियों तथा अमीरों की दाढ़ियों का जायजा लिया और जब सभी की दाढ़ी को दुरस्त पाया तब उसकी दृष्टि बादशाह के चेहरे पर जा टिकी। उन दिनों बादशाह औरंगजेब कुछ अधिक व्यस्त थे। अतः लगभग एक महीने से उन्हें अपनी दाढ़ी छटाने का ध्यान ही नहीं रहा था। उनकी दाढ़ी छह उंगल से अधिक बढ़ी देखकर एहतियात खाँ मन ही मन मुस्कराता हुआ बादशाह की ओर बढ़ा। उनके निकट पहुँचकर उसने उन्हें झुककर आदाब किया और एक ओर खड़े होकर दाढ़ी नापने के लिए फीता निकालने लगा। उसके साथ का नाई भी उसी के पास जाकर खड़ा हो गया।

यह सब देखकर बादशाह ने कुछ क्रोधित स्वर में पूछा, “क्या काम है?”

“हुजूर, गुस्ताखी माफ हो। आपकी दाढ़ी छह उंगल से ज्यादा लम्बी हो गयी है, उसको नापकर कटवाना चाहता हूँ।”

“यह क्या बदतमीजी है?” बादशाह गरजे।

“जहाँपनाह, यह कानून तो आपने ही बनाया था कि जिसकी दाढ़ी...” एहतियात खाँ आगे कुछ नहीं बोल पाया। क्योंकि बादशाह के क्रोध ने उसके अन्दर भय पैदा कर दिया था।

लेकिन, उसकी अधूरी बात से ही बादशाह को एक साल पहले बनाए

गए अपने उस कानून की याद हो आयी। अपने क्रोध को दबाकर मुस्कराते हुए बादशाह ने कहा, "मैं तो उसके बारे में भूल ही गया था। मेरी दाढ़ी जरूर बढ़ गयी है। अपने नाई से कहो, यही काट-छाट कर ठीक कर दे।" एहतियात खाँ के नाई ने बादशाह की दाढ़ी काट-छाटकर ठीक कर दी। बादशाह ने प्रसन्न होते हुए कहा—"एहतियात खाँ मैं तुम्हारे कर्तव्यपालन से बहुत खुश हूँ। दुनिया के सभी लोगों को ऐसी ही ईमानदारी से काम करना चाहिए।"

बादशाह के मुँह से अपनी प्रशंसा सुनकर एहतियात खाँ बहुत प्रसन्न हुआ। उसके काम से खुश होकर बादशाह ने उसे दरबार में एक अच्छा सा पद दे दिया और उसके स्थान पर एक दूसरे आदमी को नियुक्त कर दिया।

चीपू सियार

बात उन दिनों की है जब जंगल में जानवर उसी प्रकार आपस में मिलकर प्रेमपूर्वक रहते थे, जिस प्रकार नगरों में नागरिक। जंगल में जानवरों का राजा शेर होता था और सभी जानवर उसकी आज्ञा का पालन करते थे। यदि कोई किसी को परेशान करता तो शिकायत मिलने पर शेर उसे सख्त सजा दिया करता।

लेकिन एक बार विंध्याचल के जंगल के चीपू सियार को जब शेर राजा ने अपने दरबार में एक छोटा सा पद दे दिया, वह अपने को दूसरे जानवरों से श्रेष्ठ समझने लगा। उसे इतना घमण्ड हो गया कि वह ऐंठता हुआ रास्ता चलने लगा। सीधे मुँह किसी से बात नहीं करता था। यही नहीं जरा जरा-सी बात में जानवरों को फटकारने लगता और उन्हें जेल भेजने की धमकी भी देता। सभी जानवर उससे भय खाने लगे। शेर का मुँह लगा होने के कारण किसी की हिम्मत नहीं पड़ती थी कि वह जाकर शेर से उसके इस व्यवहार के बारे में कहे।

उसी जंगल में सोनू खरगोश और मोनू चूहा भी रहते थे। दोनों में खूब दोस्ती थी। उन्हें भी सियार का व्यवहार बुरा लगने लगा। दोनों शरारती भी खूब थे। वे सोचने लगे कि कुछ ऐसा करना चाहिए, जिससे सियार का घमण्ड चूर हो सके। एक दिन दोनों इसी विषय में सोच रहे थे। एकाएक मोनू चूहा उछल पड़ा और चुटकी बजाता हुआ बोला, "सोनू भइया, बस मिल गया उपाय। चलो जल्दी से चलकर कहीं से ढेर सारा गोंद इकट्ठा करें। फिर देखना कैसा मजा चखाता हूँ सियार चाचा को।"

"तुमने क्या सोचा, मोनू, मुझे भी तो बताओ।" सोनू के पूछने पर उसने उसके कान में अपनी योजना बता दी। सुनकर सोनू भी उछल पड़ा। दोनों थैला लेकर जंगल के अन्दर चले गये। शाम को गोंद से भरा थैला

लटकाये सोनू वापस लौटा। मोनू उसके साथ था। रातभर मेहनत कर दोनों ने उस गोंद की एक सुन्दर-सी बिल्ली बनायी। मोनू चूहे ने उस पर इस प्रकार कारीगरी की कि वह सचमुच की बिल्ली दिखाई देने लगी।

रातभर काम करके वे थक गये थे, इसलिए दिन में दोनों ने आराम किया। शाम को जंगल के तमाम जानवरों को इकट्ठा किया और उस रास्ते के दोनों ओर झाड़ियों में छुपा दिया, जिससे होकर सियार राजदरबार से वापस लौटता था। दोनों ने जानवरों से कहा कि थोड़ी देर बाद वे उन्हें अच्छा सा तमाशा दिखायेंगे।

जानवरों को छुपाने के बाद उन्होंने गोंद की बिल्ली को संभाल कर उसी रास्ते पर बैठा दिया और उसका मुँह उस ओर कर दिया जिधर से चीपू सियार को आना था। दोनों खुद भी झाड़ी में जा छुपे। थोड़ी देर बाद सियार ऐंठता हुआ झूमता-झामता उन्हें आता दिखाई पड़ा। गोंद की बिल्ली से कुछ दूरी पर आकर चीपू सियार रुक गया। पहले उसने बिल्ली को गौर से देखा, फिर गरजकर बोला, "रास्ते में ऐसे बैठी है, जैसे देखा ही न हो। चल हट रास्ते से नहीं तो ठीक न होगा।"

लेकिन बिल्ली से उसे कोई उत्तर नहीं मिला। उत्तर न पाकर वह दोबारा चीखकर बोला, "रास्ता छोड़ती है या नहीं।" लेकिन बिल्ली से फिर भी उसे कोई उत्तर नहीं मिला। अब वह क्रोध से आग बबूला हो उठा। वह आगे बढ़ा और उसने बिल्ली के बांये गाल पर अपने दाहिने हाथ का भरपूर तमाचा जड़ दिया। लेकिन यह क्या! उसका हाथ गाल के साथ ही चिपक गया। इससे चीपू को और भी क्रोध आया। वह खीझकर बोला, "रास्ते से हटना तो दूर मेरा हाथ भी पकड़ लिया...यह ले।" और उसने अपने बायें हाथ से बिल्ली के दूसरे गाल पर भरपूर तमाचा जड़ दिया। लेकिन दूसरा हाथ भी गाल के साथ चिपक गया। इस पर वह जोर से गरजा और बोला, "गुस्ताख बिल्ली, तू सीधे नहीं मानेगी। मेरे दोनों हाथ पकड़कर तूने अच्छा नहीं किया। अब मैं तुझे जिन्दा न छोड़ूँगा।" और उसने मुंह फैलाकर बिल्ली का सिर पकड़ लिया।

लेकिन उसका मुंह भी गोंद में फँस गया। अब वह घबड़ाया। तभी सोनू खरगोश और मोनू चूहा तालियाँ बजाकर उछलते हुए दूसरे जानवरों के

साथ झाड़ियों से बाहर निकल आए। सोनू बोला, "कहो चीपू चाचा, कैसे फँसे?" सियार शर्मिन्दगी से आँखें नीची किए रहा। उसे तो प्राणों के लाले पड़ रहे थे। उसे इस प्रकार देखकर सोनू बोला, "चाचा घमण्ड अच्छा नहीं होता...वह भी अपनों से।" फिर उसने चूहे से कहा, "मोनू जरा चाचा को संकट से मुक्त तो कर दे।"

मोनू ने धीरे से कुतर- कुतर कर सियार को गोंद से अलग कर दिया। उस दिन के बाद चीपू सियार का व्यवहार फिर पहले जैसा हो गया।

राजा नहीं बनूँगा

थानेश्वर नगर में महाराजा प्रभाकर वर्धन राज्य करते थे। उनके दो पुत्र थे। बड़ा पुत्र था—राजवर्धन और छोटे का नाम था—हर्षवर्धन। अपनी युवावस्था में महाराजा प्रभाकर वर्धन ने अनेक बार आक्रमणकारी हूणों को पराजित कर देश की रक्षा की। उनकी वीरता का सभी लोहा मानते थे। इसका परिणाम यह हुआ कि काफी लम्बे समय तक हूणों ने भारत पर आक्रमण करने का साहस नहीं किया। किन्तु समय के साथ महाराजा वृद्ध हो गए। हूणों ने इसका लाभ उठा, एक बार फिर भारत पर आक्रमण करने की योजना बनाई।

एक दिन एक गुप्तचर ने आकर महाराजा प्रभाकर वर्धन को सूचना दी, "उत्तर पश्चिम दिशा से बहुत बड़ी संख्या में हूण आक्रमणकारी बढ़े चले आ रहे हैं।" समाचार सुनकर महाराजा गंभीर चिन्ता में डूब गए। उनकी चिन्ता का कारण था -महाराजा की लम्बे समय से चली आ रही बीमारी और वृद्धावस्था। वह नहीं सोच पा रहे थे कि हूणों के आक्रमण को रोकने के लिए किसको भेजें? महाराजा अपने बड़े पुत्र राजवर्धन को युद्ध में भेजने के लिए इसलिए हिचक रहे थे, कि वह अभी अट्ठारह वर्ष के थे और छोटे पुत्र हर्ष तो केवल चौदह ही वर्ष के थे। महाराजा इन्हीं चिन्ताओं में डूबे हुए थे, तभी उनके पास राजवर्धन और हर्षवर्धन दोनों आए। पिता को प्रणाम कर एक तरफ खड़े हो गए।

"महाराज, आज आपका स्वास्थ्य कैसा है?" राजवर्धन ने पूछा।

"स्वास्थ्य तो जैसा कल था, वैसा ही आज भी है बेटा, लेकिन... ।" कहते-कहते महाराजा रुक गए।

"लेकिन, क्या पिता जी?" हर्षवर्धन ने प्रश्न किया।

"उत्तर-पश्चिम दिशा से हूण भारत पर आक्रमण करने के लिए बढ़

रहे हैं। दूसरे राजा तो शक्तिहीन हैं। वे हूणों का. सामना नहीं कर सकेंगे, मगर उनको सीमा पर रोकना आवश्यक है। हमारे पास विशाल सेना है, किन्तु...” महाराजा पुनः चुप हो गए।

“महाराज, आप परेशान न हों। मैं समझ गया। सेना का संचालन मैं करूँगा। आपके आशीर्वाद से हूणों को मार भगाऊँगा। आप आज्ञा दें।”

विनम्रतापूर्वक राजवर्धन ने सिर झुकाकर कहा।

महाराजा प्रभाकर वर्धन की आँखें प्रसन्नता से चमक उठीं। चिन्ता का बहुत बड़ा बोझ कम हो गया। वह कुछ कहने वाले थे, तभी हर्षवर्धन ने कहा, "महाराज, आप मुझे भी बड़े भाई के साथ जाने की अनुमति दें।"

"हर्ष, अभी तुम्हारी अवस्था युद्धस्थल में जाने की नहीं है।" महाराजा ने समझाते हुए कहा।

"मगर महाराज, अस्त्र-शस्त्र चलाना मैंने भली-भाँति सीखा है। मैं सैनिकों की एक टुकड़ी के साथ वहाँ के जंगल में शिकार खेलूँगा। आवश्यकता पड़ने पर भइया की सहायता भी कर सकूँगा।"

हर्ष की बात सुन, मुस्कराते हुए महाराजा ने हर्ष को भी राजवर्धन के साथ जाने की अनुमति दे दी।

दूसरे दिन सेनापति राजवर्धन के नेतृत्व में थानेश्वर की विशाल सेना उत्तर-पश्चिम दिशा की ओर बढ़ चली। थोड़े दिन के बाद ही सेना भारत की सीमा पर जा पहुँची। हूणों की सेना वहाँ पहले से ही आकर डटी हुई थी। हर्ष अपनी छोटी-सी सेना लेकर भाई की सेना के साथ थे, किन्तु वह युद्धस्थल की ओर न जाकर, पास के जंगलों में शिकार खेलने के लिए चले गए। युद्ध की सूचना पाने के लिए कई गुप्तचर हर्ष ने नियुक्त कर दिए थे।

राजवर्धन ने हूणों पर पूरी शक्ति से आक्रमण कर दिया। घमासान युद्ध होने लगा। राजवर्धन की सेना अत्यन्त बहादुरी से लड़ रही थी। हूणों की सेना पीछे हटने लगी। इससे राजवर्धन की सेना का हौसला और बढ़ गया। सैनिक और अधिक बहादुरी से लड़ने लगे। हूण निरन्तर पीछे की ओर हटते जा रहे थे। पूरे एक वर्ष तक युद्ध होता रहा। राजवर्धन हूणों को सिंध के निकट तक खदेड़कर ले गए।

सिन्ध के पास हूणों के साथ राजवर्धन का युद्ध चल ही रहा था, तभी सूचना मिली—उनके पिता महाराजा प्रभाकर वर्धन का स्वास्थ्य अधिक खराब हो गया। रोग ने उन्हें बुरी तरह जकड़ लिया है। महामंत्री ने दोनों भाइयों के पास महाराजा की बीमारी की सूचना देने के लिए कुरगंक नामक दूत को भेजा। कुरगंक खोजता हुआ जंगल में हर्ष के पास पहुँचा। कुरगंक से पिता की गंभीर बीमारी का समाचार पाते ही, हर्ष तुरंत सेना लेकर

थानेश्वर की ओर लौट पड़े। उन्होंने बड़े भाई को पिता की बीमारी का समाचार देने तथा शीघ्र लौटने के लिए पत्र लिखा। दो सैनिकों के साथ कुरगंक को सिन्ध की ओर रवाना कर दिया।

रात-दिन की यात्रा करके हर्ष कुछ ही दिनों में थानेश्वर पहुँच गए। वह राजमहल में पिता के शयनकक्ष में गए। उस समय शयन कक्ष राज दरबारियों से खचाखच भरा हुआ था। सभी के चेहरों पर उदासी छाई हुई थी। महाराजा प्रभाकर वर्धन पलंग पर चित लेटे हुए थे। वह बार-बार राजवर्धन और हर्षवर्धन का नाम ले रहे थे। पलंग के पास ही राजवैद्य खड़े, उन्हें दिलासा दे रहे थे। तभी दरबारियों ने हर्ष को कमरे में प्रवेश करते हुए देखा।

पिता के पलंग के पास पहुँचकर हर्ष ने उन्हें प्रणाम किया। महाराजा ने उठने की कोशिश की, लेकिन शरीर ने जवाब दे दिया। वह लेटे ही रहे। उन्होंने हर्ष से पलंग पर बैठ जाने को कहा। हर्ष के बैठने के बाद वह धीरे-धीरे मन्द स्वर में बोले, "बेटा हर्ष, मेरा अन्तिम समय अब निकट है। राजवर्धन तो युद्ध में फँसा होगा। तुम आ गए हो। मैं चाहता हूँ, तुम्हें ही राजगद्दी सौंप दूँ।"

"महाराज, आप ऐसा क्यों सोच रहे हैं? आप शीघ्र ही स्वस्थ हो जाएँगे।" अत्यन्त विनम्रतापूर्वक हर्ष बोले।

"नहीं बेटा, अब मैं स्वस्थ नहीं हो सकूँगा। यह आशा करना व्यर्थ है। मैं जो कुछ भी कह रहा हूँ, तुम्हें वही करना चाहिए।"

काफी देर तक हर्ष चुप रहे। फिर विनम्रतापूर्वक बोले, "महाराज, बड़े भाई के होते हुए मैं राजगद्दी पर बैठूँ, यह तो बहुत अनुचित है। मैं पाप का भागीदार नहीं बनना चाहता।"

हर्ष की बात सुनकर महाराजा की आँखों में प्रसन्नता के आँसू उमड़ आए। मन्द स्वर में वह बोले, "बेटा हर्ष, तुम्हारे विचार सुनकर मुझे अत्यन्त प्रसन्नता हुई। मैं अब निश्चिन्त हो गया। सुख की मौत मर सकूंगा। मैं तो तुम्हारी परीक्षा ले रहा था।"

कुछ दिन बाद महाराजा प्रभाकर वर्धन की मृत्यु हो गयी। उनकी मृत्यु के पन्द्रह दिन बाद राजवर्धन थानेश्वर पहुँचे। न चाहते हुए भी उन्हें राजा

बनना पड़ा। किन्तु, राजा बनने के एक वर्ष बाद ही एक युद्ध में उनकी भी मृत्यु हो गयी। उसके बाद हर्ष ही राजा बने। पिता द्वारा ली गयी परीक्षा में खरे उतरने के बाद, हर्ष को जीवन में अनेक कठिन परीक्षाओं से गुजरना पड़ा। लेकिन, वह सभी में सफल रहे। इसलिए, इतिहास में सम्राट हर्ष का नाम अमर है।

चतुर रबीला

रबीला के पड़ोस में रात कोई आया था, क्योंकि रात भर वहाँ से खुसर-खुसर की आवाज आती रही थी। रबीला देखने जाना चाहता था, लेकिन माँ के डर के कारण चुप था। जैसे ही माँ जंगल जाने के लिए तैयार हुई, रबीला ने माँ से पड़ोस वालों के बारे में बात की और अनुमति लेकर माँ के जाने के बाद वह पड़ोस की ओर चल पड़ा और फुदकता हुआ जा पहुँचा पड़ोस के कुंज में, जहाँ पिछली रात को एक हिरणी अपने नन्हें शावक को लेकर रहने आयी थी। रबीला सीधे कुंज के द्वार पर खड़ा हो गया और अपनी तेज आँखों से चारों ओर देखने लगा। हिरणी नन्हें शावक को प्यार से चाट रही थी। द्वार पर एक खरगोश के बच्चे को देखकर हिरणी ने उसे प्यार से अन्दर बुलाया। रबीला उसके पास चला गया। हिरणी ने बैठने को कहा तो बैठ गया और निःसंकोच बातें करने लगा। हिरणी उससे बातें करती रही। नन्हा शावक चुपचाप दोनों की बातें सुनता रहा। बातें करते-करते रबीला ने हिरणी से पूछ ही लिया, "और चाची जी आपने मेरे नन्हें दोस्त का क्या नाम रखा है?"

"प्रतुल" प्यार से नन्हें शावक को गुदगुदाते हुए हिरणी बोली।

"बड़ा प्यारा नाम है...आओ मेरे नन्हें दोस्त हम लोग बाहर चलकर खेलें।" रबीला के प्रस्ताव पर प्रतुल शर्मा गया और माँ से चिपक-सा गया। आखिर जब हिरणी ने कहा, "जा न बेटे कुछ देर खेलना स्वास्थ्य के लिए बहुत जरूरी है...रबीला तो अच्छा बच्चा है। अपना पड़ोसी भी है।" तब प्रतुल रबीला के साथ खेलने चला गया। दोनों बहुत देर तक खेलते रहे। यह रबीला के साथ प्रतुल का पहला दिन था। उस दिन के बाद माँ के जाने के बाद वह प्रतिदिन प्रतुल के पास चला जाता और दोनों जंगल में कभी आँख-मिचौली, कभी लुका-छुपी, तो कभी कोई अन्य खेल खेला करते।

एक दिन खेलते-खेलते दोनों घर से काफी दूर निकल गये। वे एक-दूसरे को छूने का खेल खेल रहे थे। तभी वहाँ एक भेड़िया आया। काफी देर तक वह दोनों का खेल देखता रहा, फिर रबीला के पास जाकर बोला, "तुम लोग बहुत अच्छा खेलते हो। मुझे भी अपने गुट में शामिल कर लो। तीनों मिलकर खूब खेला करेंगे। कैसा रहेगा?"

"बहुत अच्छा रहेगा।" रबीला बोला।

उस दिन के बाद भेड़िया भी उनके गुट में शामिल हो गया। एक दिन खेलते-खेलते भेड़िया नन्हें शावक प्रतुल को दूर एक ओर पेड़ों की ओट में ले गया और उसे रोककर बोला, "क्यों प्रतुल, तुमने कल मुझे बदतमीज क्यों कहा था?"

"मैंने ऐसा कुछ कहा था?" याद करता हुआ प्रतुल बोला, "नहीं भाई आप भूल रहे हैं। मेरी तो कल आपसे बात भी न हुई थी। आप तो केवल रबीला से ही बतियाते रहे थे।"

"बको मत। आज मैं उसका बदला लूँगा।" फिर मुंह में जीभ फेरता हुआ बोला, "अहा, कितना स्वादिष्ट होगा, कितना मीठा।" और वह प्रतुल की ओर बढ़ने लगा। लेकिन तभी एक झाड़ी से रबीला वहाँ आ टपका और बोला, "अरे वाह, तुम लोग चुपचाप क्यों खड़े हो? खेलते क्यों नहीं?"

रबीला के आ जाने से प्रतुल को खाने की भेड़िया की योजना विफल हो गयी। लेकिन वह हारने वाला न था। बोला, "थक गये थे इसलिए आराम कर रहे थे।"

"चलो खेलते हैं।" रबीला के कहने पर भेड़िया बोला, "नहीं मित्र अब घर जाऊँगा।" और वह चला गया। भेड़िया की बात से प्रतुल अभी भी काँप रहा था। रबीला उसके पास गया और बोला, "मैंने भेड़िये की बात सुन ली थी। चलो घर चलें। तुम चिन्ता क्यों करते हो?" और वे भी चल पड़े। लेकिन उसने प्रतुल को तो घर भेज दिया और स्वयं रास्ते में रुक गया। वह रात देर से घर लौटा। इसके लिए उसे माँ से डाँट भी खानी पड़ी। लेकिन् वह चुप रहा। दूसरे दिन उसने प्रतुल से कहा कि वह घर पर ही रहे और यदि कोई पूछे तो बताये कि उसकी तबियत खराब है। प्रतुल के पूछने पर कि 'ऐसा क्यों?' वह बिना कुछ बताए चला गया। भेड़िया खेलने के लिए पहले

से ही आ चुका था। रबीला को अकेला देख उसने पूछा, “आज प्रतुल नहीं आया।”

"वह बहुत बीमार है।"

"ओह, फिर तो उसे देखने जाना चाहिए।"

"जरूर...जरूर...सच्ची दोस्ती का मतलब भी यही होता है। मैं तो न आता, लेकिन आपको बताना था, इसलिए आ गया।"

वह रबीला के साथ प्रतुल के घर चल पड़ा। दोनों साथसाथ चल रहे थे। एक स्थान पर हरी-हरी घास बिछी हुई थी। रबीला ने भेड़िये को बातों में इस प्रकार उलझा रखा था कि वह रास्ते की ओर ध्यान दिए बिना ही चल रहा था। घास वाली जगह के पास पहुँचकर रबीला एक ओर किनारे से चलने लगा, लेकिन भेड़िया बीच से ही चल रहा था। जैसे ही भेड़िया घास बिछी जगह के बीच में पहुँचा, एक चीख के साथ वह नीचे कीचड़ भरे गड्ढे में समा गया। रबीला तालियाँ बजाकर कह रहा था, "प्रतुल का शिकार करते-करते खुद शिकार कैसे हो गये भाई!" भेड़िया निरीह नजरों से रबीला की ओर देख रहा था। रबीला सीधे प्रतुल के पास पहुँचा और उसे लेकर वह गढ़े के पास आया। भेड़िये को दम तोड़ता देखकर प्रतुल भी खुश हुआ। उसने पूछा, "रबीला, यह गढ़े में गिरा कैसे?"

"कल रात देर तक मैं गढ़े के ऊपर खर-पतवार और घास ही तो बिछा रहा था। पहले पतले सरकण्डे रखकर, फिर खरपतवार और घास बिछा दी थी मैंने। और तुम्हें बीमार बताकर इसे गढ़े के ऊपर से ले जा रहा था। बस्स...।"

प्रतुल प्यार से रबीला से चिपक गया। दोनों देर तक हँसते रहे।

सेठ की ईर्ष्या

मधुकर अपने गाँव का सबसे गरीब लड़का था। उसके पिता की मृत्यु उस समय हो गयी थी, जब वह मात्र चार साल का था। पिता की मृत्यु के बाद उसकी माँ को उसके पालन-पोषण के लिए गाँव के सेठ धर्मदास के घर बर्तन मांजने, आटा पीसने और खाना पकाने की नौकरी करनी पड़ी। सेठ धर्मदास अनाज का बहुत बड़ा व्यापारी था। वह आस-पास के गाँवों के किसानों से सस्ते दामों में अनाज खरीदता और उस अनाज को शहर ले जाकर भारी मुनाफे में बेचा करता था।

मधुकर की माँ को सेठ के यहाँ नौकरी करते हुए 'कठोर परिश्रम करना पड़ता था, जिससे उसका स्वास्थ्य खराब रहने लगा। मधुकर उन दिनों आठवीं कक्षा का विद्यार्थी था। माँ के खराब होते हुए स्वास्थ्य को देखकर वह चिन्तित हुआ। उसने निर्णय किया कि वह आठवीं की परीक्षा देकर आगे पढ़ाई नहीं करेगा और कोई न कोई छोटा-मोटा काम करके माँ को आराम प्रदान करेगा। वह नहीं चाहता था कि माँ अब और अधिक काम करे। एक दिन उसने अपनी इच्छा माँ पर जाहिर की। सुनकर दुखी स्वर में माँ बोली, "बेटा तुम मेरे स्वास्थ्य की चिन्ता क्यों करते हो? मेरे स्वास्थ्य की चिन्ता छोड़कर तुम खूब पढ़ो, जिससे बड़े आदमी बन सको।"

"लेकिन जब एक दिन आपका स्वास्थ्य बहुत ज्यादा बिगड़ जायेगा तब मेरे लिए कौन पैसों की व्यवस्था करेगा?"

माँ के पास इस बात का कोई उत्तर नहीं बन पड़ा। थोड़ी देर तक दोनों चुप रहे, फिर माँ ने दुखी स्वर में कहा, "बेटा मेरी इच्छा थी कि तू पढ़ लिखकर बड़ा आदमी बन।"

मधुकर कुछ देर चुप कुछ सोचता रहा, फिर बोला, "माँ मैं अब आगे प्राइवेट पढ़ाई करता रहूँगा और कोई काम भी।"

माँ ने स्वीकृति में सिर हिला दिया। अब वह कई दिनों तक यही सोचता रहा कि उसे क्या काम शुरू करना चाहिए। वह सोचता रहा और परीक्षा की तैयारी करता रहा और एक दिन परीक्षा भी समाप्त हो गयी। तब तक उसने सोच लिया था कि वह फट्टेदारी का काम करेगा, क्योंकि इस काम को शुरू करने में अधिक पूंजी की आवश्यकता नहीं थी। उसने माँ से पैसे माँगे। माँ ने उससे बिना कुछ पूछे अपने पास जोड़कर रखे सारे पैसे उसे दे दिए।

उन पैसों से मधुकर ने तराजू और बांट खरीदे और बाजार वाले दिन बाजार के रास्ते में एक आम के पेड़ के नीचे फट्टा बिछाकर बैठ गया। गाँव के वे किसान जिनके पास नकद पैसे नहीं होते, और जिन्हें बाजार से कोई जरूरी वस्तु खरीदनी होती है, वे उस जरूरी वस्तु की कीमत का अनाज घर से लाकर बाजार के रास्ते में बैठे फट्टेदारों को बेच देते थे।

उस दिन फट्टा बिछाकर बैठने से पहले ही मधुकर ने इस बात का पता लगा लिया था कि दूसरे फट्टेदार किस भाव से अनाज खरीदते हैं। उसने दूसरों की अपेक्षा कुछ अधिक भाव से अनाज खरीदने का निर्णय किया। वह उसका पहला दिन था। लेकिन फिर भी कई किसानों ने उसको अपना अनाज बेचा। शाम को सारा अनाज ले जाकर उसने सेठ धर्मदास की दूकान में बेच दिया और जो मुनाफा प्राप्त हुआ, उसे खर्च करने के बजाय माँ की दी हुई पूंजी में ही उसने मिला दिया।

फट्टेदारी शुरू करने के दिन से ही सेठ के यहाँ से उसने माँ का काम छुड़ा दिया। धीरे-धीरे उसका काम जमने लगा। किसानों पर उसकी ईमानदारी तथा मधुर भावना का जादू-सा चल गया। कुछ दिनों में ही आप-पास के गाँवों के लगभग सभी किसान उसी के यहाँ अपना अनाज बेचने लगे। उसके गाँव की बाजार सप्ताह में दो दिन लगती थी। अब वह पास के दूसरे गाँवों में लगने वाली बाजारों में भी जाने लगा। सभी बाजारों से पूरे सप्ताह खरीदे गए अनाज को वह सेठ धर्मदास के यहाँ बेंच दिया करता था।

परिश्रम और ईमानदारी से थोड़े ही दिनों में उसके पास इतना पैसा हो गया कि अब वह फट्टेदारी का काम छोड़कर सेठ धर्मदास की तरह किसानों के यहाँ से थोक में अनाज खरीदकर शहर की मण्डी में बेचने के

विषय में सोचने लगा। इन्हीं दिनों उसने हाई स्कूल का प्राइवेट फार्म भरा और परीक्षा देकर उसमें सफलता भी प्राप्त की।

अब एक दिन उसने फट्टेदारी का काम बन्द कर दिया और व्यापार शुरू कर दिया। उसकी ईमानदारी और मीठी बोली का प्रभाव बड़े किसानों पर भी पड़ा। उन लोगों ने सेठ धर्मदास को अनाज बेचने के बजाय मधुकर को बेचना शुरू कर दिया। मधुकर से पहले उस क्षेत्र में धर्मदास ही एक मात्र अनाज के व्यापारी थे। अतः वह मनमानी कीमत में किसानों से अनाज खरीदा करते थे। लेकिन जब मधुकर ने अनाज उचित मूल्य में खरीदना शुरू किया तब सेठ परेशान हो उठा। उसका व्यापार ढीला पड़ने लगा। अब कोई भी किसान अपना अनाज उन्हें बेचने के लिए तैयार नहीं होता था। मधुकर के उस व्यापार में पदार्पण करने से सेठ का व्यापार लगभग ठप पड़ गया और मधुकर का दिन-दूनी रात चौगुनी गति से चमकने लगा।

मधुकर की इस प्रकार उन्नति देखकर सेठ ईर्ष्या की आग में सुलगने लगा। उसे यह बर्दाश्त नहीं हो पा रहा था कि एक दिन जिसकी माँ उसके यहाँ की नौकरानी थी आज उसके कारण व्यापार में उसे नीचा देखना पड़ा। ईर्ष्या का साँप उसके सीने पर लोटने लगा। उसने अपने व्यापार के मार्ग में मधुकर को बाधक समझकर उसे ही रास्ते से हटा देने का निर्णय किया।

एक दिन मधुकर दूसरे गाँव में एक किसान के यहाँ गेहूँ खरीदने गया हुआ था। सेठ को यह ज्ञात हो चुका था कि वह रात में लौटेगा। अतः उसने चार बदमाशों को रास्ते में बैठा दिया कि जब मधुकर रात में लौटे तब वे लाठियों से उसकी इतनी पिटाई करें कि उसके हाथ पैर टूट जायें। चारों बदमाश गाँव से आधा मील दूर एक पुलिया के पास झाड़ियों की ओट में छुपकर मधुकर के लौटने की प्रतीक्षा करने लगे।

उस दिन सेठ का लड़का भी एक अन्य गाँव में अनाज खरीदने गया हुआ था। दरअसल जिस किसान के यहाँ धर्मदास का लड़का अनाज लेने गया था, वह किसान धर्मदास का कर्जदार था, जिससे कर्ज के बदले सेठ का लड़का जबर्दस्ती उससे अनाज तौलाने गया था। धर्मदास के लड़के को भी लौटने में रात हो गयी थी। वह भी उसी रास्ते से लौट रहा था, जिस रास्ते में मधुकर को मारने के लिए बदमाश छुपे बैठे थे। मधुकर को मारने के लिए

योजना बनाते समय सेठ अपने लड़के के बारे में भूल गया था।

अनाज से लदी धर्मदास के लड़के की बैलगाड़ी उस पुलिया के पास पहुँचने पर वे चारों बदमाश झाड़ियों के पीछे से निकल जाए और बैलगाड़ी की ओर बढ़े। चारों ने अपने चेहरे ढक रखे थे। अपने को बदमाशों से घिरा देखकर सेठ के लड़के ने बैल दौड़ा दिए। उसको अपने पिता के षडयन्त्र के बारे में कुछ भी जानकारी नहीं थी।

बदमाशों को पूरा विश्वास हो गया कि वह मधुकर ही है। रात अंधेरी होने के कारण वे धर्मदास के लड़के को पहचान नहीं पाये। दौड़कर चारों ने लड़के को घेर लिया और लगे लाठियों से उस पर प्रहार करने। उसे अधमरा करके चारों गाँव की ओर भाग गए। अपने मालिक पर लाठियों से प्रहार होते देखकर बैलगाड़ी लिए बैल बौखलाये से इधर उधर दौड़ने लगे जिससे पास के एक गड्ढे में अनाज से भरी बैलगाड़ी उलट गयी। बैल रस्सी तुड़ाकर भाग खड़े हुए।

चारों बदमाश सीधे सेठ धर्मदास के पास पहुँचे। जब सेठ को उन लोगों ने बताया कि मधुकर को उन लोगों ने अधमरा कर दिया है तब सेठ अत्यधिक प्रसन्न हुआ। उसने उनको इनाम देना चाहा, लेकिन तभी रस्सी तुड़ाये उसके दोनों बैल वहाँ आ पहुँचे। बैलों को देखकर सेठ को अपने लड़के का खयाल आया। वह नहीं समझ पा रहा था कि खाली बैल क्यों लौटे? अनाज, बैलगाड़ी और उसके बेटे का क्या हुआ? उसके मन में अनेक आशंकाएँ उभरने लगीं। बदमाशों को इनाम देने की बात उसने अपने दिमाग से निकाल दी। अपने दो नौकरों को साथ लेकर वह पुलिया की ओर चल पड़ा। पुलिया के पास पहुँचकर उसने जो कुछ भी देखा उससे उसे चक्कर आ गया। खून से लथपथ अपने लड़के को देखकर वह बेहोश हो गया।

जब उसे होश आया तब मधुकर को अपने पास खड़ा देखकर वह चौंका। उस समय वह अपने गाँव के छोटे से अस्पताल में पड़ा था। उसका लड़का अभी भी बेहोश था। सेठ आश्चर्यपूर्ण नजरों से मधुकर को देखता रहा। तभी डाक्टर ने सेठ के पास आकर बताया कि नौकरों की मदद से मधुकर उन दोनों को अस्पताल लाया था। डाक्टर के बताने पर कि उसका लड़का खतरे से बाहर है, सेठ को राहत मिली।

लेकिन अपने प्रति मधुकर के उपकार से वह उसके प्रति कृतज्ञता से भर उठा। उसके हृदय का मैल धुलकर बह गया। उसका चेहरा अभी भी ग्लानि और पश्चाताप से मुर्झाया हुआ था। जब मधुकर ने उससे हिम्मत से काम लेने के लिए कहा तब वह फूट-फूटकर रोने लगा। उसने मधुकर को सीने से लगा लिया और रोते हुए बोला—"मधुकर मुझे अपने किए का फल मिल गया है। मैंने तुम्हें मरवाना चाहा था, लेकिन...। मुझे माफ कर देना बेटा।"

मधुकर को आश्चर्य तो हुआ, लेकिन वह तब भी सेठ को ढाँढस बंधाता रहा।

सही दिशा

एक जंगल में बरगद के एक पेड़ पर गोमी नाम की एक बया ने अपना घोंसला बना रखा था। उसमें वह अपने पति लोटन के साथ रहती थी। गोमी बहुत अधिक झगड़ालू स्वभाव की थी। उसे यह पसन्द नहीं था कि कोई दूसरा पक्षी उस पेड़ पर अपना घोंसला बनाए। वह उस पेड़ पर मात्र अपना ही अधिकार बनाए रखना चाहती थी।

जब भी कोई पक्षी उस पेड़ पर अपना घोंसला बनाता, वह उससे झगड़ना शुरू कर देती। यदि झगड़े से परेशान होकर वह पक्षी अपना घोंसला वहाँ से नहीं हटाता तो वह स्वयं उस पक्षी की अनुपस्थिति में उसके घोंसले को नष्ट कर देती। गोमी जहाँ इतनी झगड़ालू स्वभाव की थी, लोटन उतना ही सीधा-सादा था। जब वह गोमी को झगड़ा न करने के लिए समझाता तब वह उसे झिड़कती हुई कहती—"अपनी सिधाई अपने पास रखो। मैं किसी को फटकने न दूँगी इस पेड़ पर। समझे कि नहीं।"

उसकी डांट सुनकर लोटन बेचारा चुप रह जाता। थोड़े दिनों बाद गोमी ने दो खूबसूरत बच्चों को जन्म दिया। कुछ दिनों तक बच्चों को पालने-पोसने के लिए वह घोंसले में रही। उन सभी के भोजन की व्यवस्था अब लोटन अकेले ही करता था।

लेकिन लोटन इतना भोजन एकत्रित करके नहीं ला पाता, जो गोमी तथा बच्चों के लिए पर्याप्त होता। अतः दोनों बच्चे जब कुछ बड़े हो गये तब गोमी भी बच्चों के लिए भोजन की व्यवस्था करने के लिए जंगल जाने लगी। दोनों दिन-भर जंगल में इधर-उधर घूमकर अपने साथ-साथ बच्चों के लिए भी भोजन एकत्रित करके शाम को घोंसले में लौट आया करते थे। इस तरह काफी समय व्यतीत हो गया। दोनों बच्चे भी कुछ और बड़े हो गये। अब वे धीरे-धीरे उड़ने और आपस में बातें भी करने लगे थे।

एक दिन सुबह जब गोमी बच्चों के लिए भोजन एकत्रित करने के लिए जाने लगी तब उसने एक कबूतरी को पेड़ की एक डाल पर बैठा देखा। उस पर एक दृष्टि डालकर वह चुपचाप लोटन के साथ जंगल चली गयी। शाम को जब वह लौटकर आयी तब पेड़ पर एक और घोंसला देखकर उसका माथा ठनका। बच्चों को खाना खिलाकर वह उस नये घोंसले के पास जा पहुँची। उसमें सुबह वाली कबूतरी को आराम से लेटी देखकर वह क्रोध से पागल हो उठी। उसने उससे तुरन्त वहाँ से घोंसला हटा लेने के लिए कहा। कबूतरी ने जब उसकी बात नहीं मानी तब वह उससे चीख-चीख कर लड़ने लगी। कबूतरी सीधी-सादी थी। झगड़ा उसे पसन्द नहीं था। अतः उसने गोमी से कहा—"लड़ो नहीं बहन। मैं सुबह अपना घोंसला हटा लूँगी। अब रात हो रही है, इसलिए रातभर इसी पेड़ पर रह लेने दो।"

"नहीं मैं एक क्षण भी तुझे यहाँ नहीं टिकने दूँगी।" गोमी चीखकर बोली।

कबूतरी ने उससे बहुत अनुनय विनय की, लेकिन वह नहीं मानी। उसने उसका घोंसला काटकर नीचे गिरा दिया। निराश कबूतरी ने पास के दूसरे पेड़ की डाल पर बैठकर सारी रात किसी तरह काटी। दूसरे दिन उसने उसी पेड़ पर घोंसला बनाने का निर्णय किया और सुबह से ही काम में जुट गयी।

प्रतिदिन की तरह उस दिन भी गोमी लोटन के साथ बच्चों के लिए भोजन इकट्ठा करने जंगल चली गयी। दोनों बच्चे घोंसले में आपस में खेल रहे थे। पास के पेड़ में कबूतरी घोंसला बनाने में व्यस्त थी। घोंसला बनाते-बनाते थककर कुछ क्षण आराम करने के विचार से वह एक डाल पर लेट गयी। लेटते ही उसकी दृष्टि गोमी के घोंसले की ओर चली गयी। उसने देखा, एक सांप उसके घोंसले से थोड़ी ही दूर पर फन उठाये बैठा हुआ है। वह चौंककर उठ बैठी। उसे सांप की नीयत पर सन्देह हुआ। वह एकटक सांप की हरकतों को देखने लगी। सांप लगातार घोंसले में खेल रहे बच्चों पर ही अपनी दृष्टि गड़ाये था। थोड़ी देर बाद वह बच्चों की ओर धीरे-धीरे सरकने लगा। सांप को अपनी ओर आता देखकर बच्चे चीखने लगे।

अब कबूतरी से चुप बैठा नहीं रहा गया। सांप बच्चों पर झपट्टा मारे

इससे पहले ही कबूतरी ने आकर चोंच से सांप की गर्दन के पास प्रहार कर दिया। सांप तिलमिलाकर डाल से लटक गया। अवसर का लाभ उठाकर कबूतरी पत्तों के झुरमुट में छुप गयी। सांप क्रोध से पागल हो उठा, लेकिन वह यह नहीं समझ पाया कि उस पर प्रहार किसने किया था। वह पुनः संभला और फन उठाकर इस बार तेजी से बच्चों की ओर झपटा। कबूतरी पहले से ही तैयार थी। उसने पीछे से आकर पुनः सांप की गर्दन के पास चोंच से प्रहार किया। पहले की अपेक्षा यह प्रहार बहुत तेज था। सांप बुरी तरह घायल होकर पेड़ के नीचे जा गिरा और थोड़ी देर बाद ही उसके प्राण पखेरू उड़ गये।

कबूतरी गोमी के बच्चों के पास गयी। दोनों बच्चे भय के कारण घोंसले में दुबके हुए थे। कबूतरी ने उनके भय को दूर करते हुए कहा–"बच्चों, अब तुम लोग निश्चिन्त होकर खेलो सांप अब नहीं आयेगा, क्योंकि मैंने उसे मार गिराया है।"

कबूतरी की बात सुनकर दोनों बच्चों का भय कुछ कम हुआ। दोनों ने घोंसले से बाहर झांककर देखा और जब पाया कि सांप वास्तव में मरा पड़ा है तब उनका भय बिल्कुल ही दूर हो गया। वे दोनों फिर निश्चिन्त होकर खेलने लगे और कबूतरी अपना शेष रह रहा घोंसला तैयार करने के लिए चली गयी।

शाम को जब गोमी लोटन के साथ वापस आयी तब बच्चों ने उससे सारी घटना बतायी। घटना सुनकर कबूतरी के साथ एक दिन पहले अपने किए गए दुर्व्यवहार से गोमी को बहुत ग्लानि हुई। वह सोचने लगी, यदि आज कबूतरी न होती तो बच्चे निश्चित ही सांप का शिकार हो चुके होते।

वह उसी समय कबूतरी के पास पहुँची। कबूतरी ने घोंसला बनाने का कार्य पूरा कर लिया था और उस समय वह घोंसले में लेटी हुई दिन भर की थकान दूर कर रही थी। गोमी को आया देखकर वह उठकर बैठ गयी और बोली–"आओ बहन, कैसे कष्ट किया?"

गोमी लज्जा और ग्लानि से आँखें नीचे झुकाए उसके पास गयी और बोली–"बहन, कल मैंने तुम्हारे साथ जो दुर्व्यवहार किया था, उसके लिए मुझे बहुत दुख है। मुझे क्षमा कर दो बहन!" यह कहते-कहते गोमी की

आँखों से आँसू बहने लगे। पोंछते हुए वह फिर बोली—"बहन, आज अगर तुमने मेरे बच्चों के प्राण न बचाये होते तो... तुमने मुझ पर बहुत उपकार किया है बहन।" आगे वह कुछ नहीं बोल पायी।

"मुसीबत के समय हमें एक दूसरे की मदद करनी चाहिए। मैंने जो कुछ भी किया वह तो मेरा कर्तव्य था। उसे उपकार मत कहो बहन।" कबूतरी बोली।

"मैंने आज तक लड़ाई झगड़ा करके बहुतों को कष्ट पहुँचाया है। आज मेरी आँखें खोलकर तुमने मुझे सही दिशा दिखा दी बहन।" कहते हुए गोमी ने उसी समय निर्णय किया कि अब वह कभी किसी से नहीं लड़ेगी और न ही किसी को अपने पेड़ पर घोंसला बनाने से रोकेगी। परिणाम यह हुआ कि थोड़े दिनों में ही उस पेड़ पर कई पक्षी घोंसला बनाकर रहने लगे। गोमी अब सबके साथ प्रेमपूर्वक मिलकर रहने लगी थी।

जूतों की बारात

लगभग पचास वर्ष पुरानी बात है। पंजाब के एक गाँव में धरमचंद नाम का एक धनी आदमी रहता था। धनी होने के कारण गाँव वालों पर उसका काफी रोब-दाब था और इसीलिए गाँव वालों ने उसे अपना मुखिया बना रखा था। वह स्वभाव से रूखा और घमण्डी था। धरमचन्द हर समय पैसों के हिसाब-किताब में लगा रहता, इसलिए लोगों से मिलना-जुलना कम पसन्द करता था।

गाँव का मुखिया होने के कारण जब भी किसी किसान के घर कोई उत्सव होता, वह धरमचंद को निमन्त्रित करना न भूलता लेकिन धरमचंद कभी किसी के उत्सव में शामिल नहीं होता और न ही अपने घर के किसी सदस्य को शामिल होने के लिए जाने देता। गरीब किसानों को वह सदैव हेय दृष्टि से देखता और इसीलिए उनके उत्सवों में सम्मिलित होना वह अपनी प्रतिष्ठा के विरुद्ध समझता। लेकिन यदि कोई किसान उसे अपने उत्सव में आमन्त्रित नहीं करता, तो वह इसे भी अपनी बेइज्जती मानता और उस किसान से रुष्ट हो जाता। जब वह किसी से रुष्ट हो जाता तब उस किसान को तरह-तरह की परेशानियों का सामना करना पड़ता। क्योंकि जरूरत पड़ने पर वे किसान धरमचंद से ही रुपये उधार लिया करते थे, इसलिए जिससे वह नाराज होता, उसे उधार देना बन्द कर देता और यदि पिछला कुछ उधार होता तो तुरन्त चुकता करने के लिए तंग करने लगता। इस कारण एकाध अवसर के अतिरिक्त कभी कोई ऐसा अवसर नहीं आया जब उत्सवों में उसे आमन्त्रित न किया गया हो।

किसानों के उत्सवों में वह जाता तो न था, लेकिन वह एक विचित्र काम अवश्य करता था। उत्सव के समय वह अपने नौकर से अपना एक जूता भेज दिया करता और कहलवा भेजता कि उसके स्थान पर उसका जूता

उत्सव में हाजिर है। गाँव में प्रति वर्ष किसी न किसी के घर शादी आदि का कार्यक्रम अवश्य हुआ करता और उसमें धरमचंद का जूता उसके स्थान पर पहुँचा करता। इस प्रकार गाँव के अधिकांश किसानों के यहाँ उत्सव के समय धरमचंद ने अपना जूता भेजा। किसानों को यह बात बहुत बुरी लगती, लेकिन वे सब चुप रहते।

आखिर कुछ वर्षों बाद एक ऐसा अवसर आया जब उत्सव किसी किसान के घर नहीं स्वयं धरमचंद के घर होने वाला था। धरमचंद के पोते का विवाह था। विवाह दस मील दूर एक गाँव के जमींदार के घर तय हुआ था। धरमचंद बहुत प्रसन्न था। उसने धूमधाम से बारात की तैयारी शुरू कर दी। गाँव में सभी को निमन्त्रण दिया और कहलवाया कि सभी को बारात में चलना होगा। बारात ले जाने के लिए सौ बैलगाड़ियों को तरह-तरह से सजाया गया। जिस दिन बारात जानी थी, उस दिन सुबह से ही धरमचंद के दरवाजे पर बाजे और शहनाई बजने लगी थी। धरमचंद सफेद-बुर्राक कुर्ता-धोती पहने और सिर पर पगड़ी रखे प्रसन्न मन से इधर से उधर दौड़ता हुआ तैयारी करवा रहा था।

जिस समय वह बारात की तैयारी में व्यस्त था, उसी समय गाँव के सारे किसान एक किसान की चौपाल में इकट्ठा होकर विचार-विमर्श कर रहे थे कि उन्हें धरमचंद के पोते की बारात में जाना चाहिए या नहीं। काफी सोच-विचारकर वे एक ऐसे निर्णय पर पहुँचे, जिसकी कल्पना धरमचंद कभी नहीं कर सकता था। बारात शाम को चार बजे प्रस्थान करने वाली थी। सौ सजी-सजाई बैलगाड़ियाँ तैयार खड़ी थीं। बारात में जाने के लिए धरमचंद के केवल दस दूर के रिश्तेदार ही दूसरे गाँवों से आए। वह गाँव वालों की प्रतीक्षा कर रहा था कि वे आयें तो बारात प्रस्थान करे। लेकिन गाँव का कोई किसान नहीं आया। धरमचंद आश्चर्य चकित था। चार बजे के लगभग सिर पर बोरे उठाये दो मजदूर धरमचंद के पास आए। दोनों ने बोरे उसके सामने पटक दिए और खड़े हो गये। धरमचंद क्रोध से लाल-पीला हो बोला, "क्या है इसमें?"

मजदूरों ने बिना कुछ बोले बोरे उलट दिए। सैकड़ों जूते धरमचंद के सामने फैल गए। धरमचंद बौखला उठा। चीखकर बोला, "मूर्खों यह सब क्या है?"

"हुजूर, गाँव के किसानों ने ये जूते यह कहकर भेजे हैं कि उनके स्थान पर उनके जूते बारात में जायेंगे।" हाथ जोड़कर दोनों बोले और धरमचंद उनसे कुछ कहे उससे पहले ही मुड़कर चले गये।

पहले तो धरमचंद बहुत ही बौखलाया, लेकिन बाद में अपने किए पर पछताने लगा कि यदि उसने उन किसानों के यहाँ उत्सवों में जूते न भेजे होते तो इस नाजुक समय में उसके साथ यह सब क्यों होता। अब वह उन सजी सौ बैलगाड़ियों में किसे बाराती बनाकर ले जाये। सोचकर वह रो उठा। क्षणभर में ही उस पर से धन के घमण्ड का भूत उतर गया और थोड़ी देर बाद ही वह एक-एक किसान के घर जाकर अपने किए के लिए माफी माँगता हुआ कह रहा था कि यदि वे बारात में न गए तो उसकी इज्जत मिट्टी में मिल जायेगी।

बहादुर घोड़ा

लखनऊ के बादशाह नासीरुद्दीन हैदर को जानवरों की लड़ाई देखने का बड़ा शौक था। उसके पास एक घोड़ा था जो बहुत बहादुर था। बादशाह ने अपनी घुड़साल के कई घोड़ों को उससे लड़ाया, किन्तु सभी उससे हार गए। बादशाह का एक खास सुजान नाम का घोड़ा था। उस पर सवार होकर वह रोजाना सुबह-शाम हवाखोरी के लिए जाया करते थे।

एक दिन उन्होंने बहादुर घोड़े को उससे लड़ने के लिए छोड़ दिया। लगभग दो घण्टे तक दोनों घोड़े लड़ते रहे, लेकिन अंत में बादशाह का खास घोड़ा सुजान उस बहादुर घोड़े से हार गया। इस लड़ाई में सुजान की एक टाँग भी टूट गयी, जिससे वह बादशाह की सवारी के काम का नहीं रहा। इस कारण बादशाह उस घोड़े से नाराज़ हो गए और उन्होंने उसे सजा देनी चाही।

उन्होंने हुक्म दिया कि उस घोड़े को शेर के सामने छोड़ दिया जाए। बादशाह के पास उन दिनों कई शेर थे। उनमें भूरिया नामक शेर सबसे ज्यादा ताकतवर था।

बादशाह ने ऊँची दीवारों से घिरे उस मैदान में, जहाँ वह जानवरों को लड़ाया करते थे, उस घोड़े को छोड़ दिया। कुछ देर बाद भूरिया को भी उस मैदान में छोड़ दिया गया। दोनों की लड़ाई देखने के लिए वहाँ भीड़ एकत्र हो गयी थी।

थोड़ी देर बाद शेर ने घोड़े पर छलाँग लगा दी। लेकिन घोड़ा शायद इसके लिए पहले से ही तैयार था। उसने अपने शरीर के अगले भाग को इस तरह झुका लिया कि शेर पीछे की ओर जा गिरा। शेर के गिरते ही घोड़े ने उसके मुँह पर इतनी जोर से दुलत्ती मारी कि शेर कलाबाजियाँ खाता हुआ दूर तक लुढ़क गया।

लेकिन थोड़ी देर में ही शेर संभल गया और उसने गुस्से से दहाड़ते हुए तेजी से दोबारा घोड़े पर छलांग लगाई। किन्तु वह फिर भी नाकामयाब रहा। घोड़े ने पुनः अपने शरीर के अगले भाग को पहले की तरह ही झुका लिया, जिससे शेर फिर पीछे जा गिरा।

इस बार घोड़े ने शेर के मुँह पर इतनी जोर से दुलत्ती मारी कि उसका सारा जबड़ा चरमरा गया। शेर फिर कलाबाजियाँ हुआ दूर तक चला गया।

अब दोबारा शेर का साहस घोड़े पर हमला करने का नहीं हुआ। वह पीछे मुड़कर देखे बिना सीधा भागता हुआ मैदान के दूसरे छोर की तरफ चला गया।

भूरिया के भाग जाने पर उससे भी बड़ा एक और शेर छोड़ा गया, लेकिन उसने घोड़े का सामना ही नहीं किया। आखिर उसे मैदान में से हटा लिया गया।

इसके बाद तीन जंगली सुअर घोड़े से लड़ने के लिए छोड़े गए। ये सुअर भी बहुत खूंखार माने जाते थे किन्तु घोड़े के सामने तीनों ही चुपचाप खड़े रहे। घोड़ा भी काफी देर तक उनको देखता रहा।

थोड़ी देर बाद एक सुअर घोड़े पर हमला करने के लिए आगे बढ़ा, लेकिन उसके हमला करने से पहले ही घोड़े ने आगे जोर से दुलत्ती मार दी। बेचारा सुअर मैदान छोड़कर भाग खड़ा हुआ। उसके दूसरे दोनों साथी इस तरह सिर हिलाने लगे मानों ये घोड़े की तारीफ कर रहे हों–"हाँ, यह हुई न कोई बात।"

अंत में बादशाह घोड़े से इतना खुश हुए कि उन्होंने उसके खाने-पीने के लिए अच्छी वस्तुओं का इंतजाम करवाया और कहा, "सचमुच यह बड़ा बहादुर घोड़ा है।"

मशाल

आज से लगभग डेढ़ सौ साल पहले की बात है। कानपुर के दक्षिण-पश्चिम दिशा की ओर लगभग बीस मील दूर एक बहुत बड़ा जंगल था। एक बार चार अंग्रेज वहाँ शिकार खेलने के लिए आए। शिकार खेलते-खेलते उन्हें शाम हो गयी। कुछ जानवरों का शिकार कर उन्हें अपने-अपने घोड़ों पर लादकर वे कानपुर की ओर लौट पड़े। अभी वे कुछ ही दूर चले थे कि एक अंग्रेज के घोड़े का पैर एक कंकरीली पहाड़ीनुमा ऊँची जगह से उतरते समय फिसल गया। घोड़ा अपने सवार सहित मुँह के बल नीचे जा गिरा। घोड़े की गर्दन में गंभीर चोट आयी। वह थोड़ी ही देर में मर गया। अब उन लोगों के सामने समस्या पैदा हुई कि एक और घोड़ा कहाँ से लाया जाए, क्योंकि वह अंग्रेज तो अपने किसी साथी के साथ बैठकर जा सकता था, किन्तु अपने शिकार को उसे वहीं छोड़ना पड़ता। वह ऐसा नहीं करना चाहता था।

वे लोग कुछ सोच ही रहे थे कि तभी उन्हें घोड़े पर सवार एक किशोर आता दिखाई पड़ा। एक अंग्रेज ने उसे आवाज देकर बुलाया। किशोर ने अपने घोड़े को ऐड़ लगायी और जा पहुँचा अंग्रेजों के पास। एक अंग्रेज उससे बोला, "ऐ टुम अपना घोड़ा हमारे हवाले कर दो।"

"क्यों?" किशोर ने पूछा।

"हमारा एक घोड़ा मर गया। हम टुमको बोलटा, हुक्म खिलाफी नई सुनना माँगटा...समझा...घोड़ा हमारे हवाले करो नई टो...।" दूसरा अंग्रेज गरजकर बोला।

"नहीं तो क्या...? यहाँ से चले जाइये...जाइये पैदल—मैं अपना घोड़ा नहीं दूँगा।" किशोर ने घोड़े को ऐंड़ लगाई और चलने लगा, लेकिन तभी उसने देखा कि एक अंग्रेज तलवार से उस पर प्रहार करने के लिए आगे बढ़

रहा है। उसके पास भी तलवार थी। उस पर अंग्रेज प्रहार करे, इससे पहले ही वह अपनी तलवार संभालकर तैयार हो गया। अंग्रेज ने उसकी गर्दन पर निशाना साधकर तलवार चला दी, लेकिन किशोर ने अपनी तलवार से उसके निशाने को व्यर्थ कर दिया और भरपूर प्रहार अंग्रेज के हाथ पर किया। लेकिन किशोर की तलवार अंग्रेज के हाथ में न लगकर उसकी तलवार में लगी। अंग्रेज की तलवार छिटककर दूर जा गिरी। अब अंग्रेज घबड़ाये। किशोर क्रोध से फुंकारता हुआ आगे बढ़ा, लेकिन जब उसने देखा कि अपने साथी को बैठाकर अंग्रेज मैदान छोड़कर भाग रहे हैं तब वह भी घर की ओर वापस लौट पड़ा।

यह किशोर था सचेण्डी के राजा भीमसिंह का पुत्र दुर्गाप्रसाद चन्देल। दुर्गाप्रसाद मन ही मन रास्ते भर अंग्रेजों को मार भगाने की बात सोचता रहा, क्योंकि जब भी अंग्रेज गाँवों के आस-पास शिकार के लिए जाते थे, गाँवों की स्त्रियों और पुरुषों को इनके अत्याचार का शिकार होना पड़ता था। दुर्गाप्रसाद ने प्रतिज्ञा की कि जब भी उसे अवसर मिलेगा, वह इनको अवश्य मार भगायेगा।

पिता की मृत्यु के बाद वह सचेण्डी का राजा बना और राजा बनने के कुछ दिनों बाद ही उसे अंग्रेजों को मार भगाने का अवसर मिल गया। सन् 1857 के प्रथम स्वतन्त्रता संग्राम में बिठूर के पेशवा नाना साहब के साथ मिलकर उन्होंने अंग्रेजों के साथ जमकर युद्ध किए। सचेण्डी तथा आसपास के क्षेत्र से अंग्रेजों का नामो-निशान मिटा दिया लेकिन अपनी कूटनीति के बल पर अंग्रेजों ने कानपुर पर अधिकार कर लिया और उसके पश्चात् सचेण्डी में भी थाना कायम करने में सफल हो गये। दुर्गाप्रसाद की गद्दी को उन्होंने नष्ट कर दिया।

दुर्गाप्रसाद के अनेक बहादुर साथी तथा सैनिक युद्ध में मारे जा चुके थे। अतः उन्हें मजबूर होकर अपना राज्य छोड़ना पड़ा। वह कोटरा मकरन्द पुर नामक गाँव में जाकर गुप्तरूप से रहने लगे और सचेण्डी को अंग्रेजों से मुक्त कराने की योजना बनाने लगे। लेकिन योजना को अन्तिम रूप देने से पहले ही उनके नौकर ठाकुर प्रसाद ने कुछ रुपयों के लालच में उनके साथ विश्वासघात किया और एक दिन रात में अंग्रेजों ने उन्हें कैद कर लिया।

राजा दुर्गाप्रसाद को कैद करके कानपुर लाया गया। वहाँ सेशन अदालत में उन पर मुकदमा चला। उन्हें फांसी की सजा सुनाई गई। सजा सुनाते हुए अंग्रेज जज ने उनसे कहा कि यदि वह माफी माँग लें और अंग्रेज सरकार के प्रति भविष्य में वफादार रहने की शपथ लें तो उन्हें छोड़ दिया जायेगा और उनका राज्य भी वापस लौटा दिया जायेगा। जज की बात सुनकर दुर्गाप्रसाद ने कहा–

"माफी मांगने के लिए मैं क्रान्ति में शामिल नहीं हुआ था। देश की स्वतन्त्रता के लिए मुझे फांसी पर चढ़ने में ही खुशी होगी, जिससे हम लोगों द्वारा जलायी गयी क्रान्ति की मशाल हमारे देशवासियों द्वारा तब तक प्रज्वलित की जाती रहे, जब तक देश स्वतन्त्र न हो जाए।"

अंग्रेजों ने उन्हें फांसी पर लटका दिया। फांसी पर लटकाए जाते समय दुर्गाप्रसाद ने चीखते हुए कहा था–

"अंग्रेजों तुम्हें भारत से जाना ही होगा। फांसी पर चढ़कर मैं तुमसे लड़ने के लिए पुनः इसी पवित्र भूमि पर जन्म लूँगा।"

अनुमति

रूस के एक शहर में अलेक्सेई नामक एक बालक अपने नाना-नानी के साथ रहता था। जब वह बहुत छोटा था, तभी उसके माता-पिता की मृत्यु हो गई थी। बहुत कम उम्र में ही उसने अपने नाना से पढ़ना-लिखना सीख लिया था और बड़े-बड़े लेखकों की कुछ अच्छी पुस्तकें पढ़ डाली थीं। वह स्कूल में जाकर पढ़ना चाहता था, लेकिन नाना की गरीबी के कारण यह सम्भव नहीं हो पाया। जब वह तेरह वर्ष का हुआ तब गरीबी से तंग आकर एक दिन उसे ले जाकर नाना ने मकानों का नक्शा बनाने वाले एक व्यक्ति के यहाँ नौकर करवा दिया। अब अलेक्सेई अपने मालिक के ही घर में रहने लगा।

यहाँ उसे बहुत अधिक काम करना पड़ता था। उसका मालिक तो सीधा था, लेकिन मालकिन बहुत दुष्ट थी। वह अलेक्सेई को बहुत सुबह जगाकर काम में लगा देती। वह पूरे घर की सफाई करता, नाश्ता तैयार करता, बर्तन मलता और घर के लोगों के कपड़े धोता। इस तरह सुबह से लेकर रात देर तक मालकिन के आदेश पर वह काम किया करता। यहाँ उसे पढ़ने के लिए न तो पुस्तकें मिल पाती थीं और न ही समय; जबकि उसका मन पढ़ने के लिए तड़पता रहता था।

एक दिन उसका परिचय पड़ोस की एक महिला से हुआ। उस महिला के पास संसार के बड़े-बड़े लेखकों की बहुत-सी पुस्तकें थीं। अलेक्सेई उन पुस्तकों को पढ़ना चाहता था। महिला उसे पुस्तकें देने के लिए तैयार हो गयी। एक दिन वह उससे एक पुस्तक ले आया। दिन में उसे काम की अधिकता के कारण पढ़ने का समय नहीं मिला। उसने रात में पढ़ने का निर्णय किया।

रात में सारा काम समाप्त कर वह पुस्तक और मोमबत्ती लेकर घर की छत पर जा पहुँचा। चुपचाप मोमबत्ती जलाकर वह पुस्तक पढ़ने लगा।

अभी वह कुछ ही पन्ने पढ़ पाया था कि उसे लगा, कोई उसके पीछे खड़ा है। उसने पीछे मुड़कर देखा। पीछे खड़ी मालकिन उसे घूर रही थी। मालकिन को देखकर वह सकपका गया।

"क्या पढ़ रहे हो अलेक्सेई?" क्रोधपूर्ण स्वर में मालकिन ने पूछा।

अलेक्सेई कुछ नहीं बोल पाया। वह केवल मालकिन की क्रोध से लाल-पीली हो रही आँखों को देखता रहा।

"मैं पूछती हूँ, तू क्या पढ़ रहा है?" इस बार मालकिन कुछ और ऊँचे स्वर में बोली।

अलेक्सेई मालकिन को क्रोधित देखकर इतना डर गया कि उससे उत्तर देते नहीं बना। उसने पुस्तक उठाकर मालकिन की ओर बढ़ा दी। मालकिन ने पुस्तक के पन्ने पलटकर देखा, फिर जोर से बोली—"तो आजकल तू पढ़न्तू बन रहा है। लेकिन तू यह नहीं जानता कि पढ़ाई से तुझे कुछ भी मिलना-मिलाना नहीं है। मोमबत्ती बरबाद करने से कोई लाभ नहीं। आज से मैं तुझे पढ़ता हुआ न देखूं। अगर कभी कोई पुस्तक तेरे हाथ में मैंने देखी तो उसे जला दूँगी। समझा कि नहीं!" और मोमबत्ती बुझाकर वह चली गयी।

अलेक्सेई को सारी रात नींद नहीं आयी। वहाँ रहते वह पढ़ नहीं सकता था और नौकरी किए बिना जीना मुश्किल था। वह बहुत परेशान रहा। दूसरे दिन उसने पुस्तक पड़ोस की उस महिला को वापस लौटा दी। अब वह सुबह से शाम तक केवल घर में काम किया करता और थकान से चूर होकर रात में सो जाया करता। इस प्रकार कई महीने बीत गये।

एक दिन वह मालकिन के लिए नाश्ता बना रहा था। नाश्ता अभी बन नहीं पाया था कि मालकिन ने अपने कमरे से आवाज देकर पूछा—"अलेक्सेई, नाश्ता तैयार हो गया?"

अलेक्सेई चुप रहा। वह मालकिन से इतना अधिक डरता था कि वह नहीं सोच पा रहा था कि क्या उत्तर दे। अभी वह किसी निर्णय पर नहीं पहुँचा था कि तभी मालकिन ने पुनः पूछा—"नाश्ता तैयार हो गया, अलेक्सेई?"

"हाँ, तैयार हो गया।" जल्दी से अलेक्सेई के मुंह से निकल गया।

"जल्दी से ले आओ। भूख लग रही है।"

अब अलेक्सेई परेशान हुआ; क्योंकि उसे उम्मीद नहीं थी कि मालकिन

इतनी जल्दी नाश्ता मांग लेंगी। वह जल्दी-जल्दी नाश्ता बनाने लगा, लेकिन मालकिन को धैर्य कहाँ था! उसने इसी बीच दो-तीन बार आवाज देकर नाश्ता मांगा और जब अलेक्सेई नाश्ता लेकर नहीं पहुँचा, तब क्रोध से लाल-पीली होती हुई वह रसोईघर में जा पहुँची। जब उसने देखा कि अलेक्सेई अभी नाश्ता बना रहा है, तब उसके क्रोध ठिकाना न रहा। बस,

फिर क्या था, उसने अलेक्सेई को पीटना शुरू कर दिया।

और इतना अधिक पीटा कि वह बेहोश हो गया। जब मालिक को पता चला तब वह अलेक्सेई को अस्पताल ले गया। अस्पताल में मरहम-पट्टी करते समय डॉक्टर ने अलेक्सेई से कहा—“यदि तुम मालकिन की शिकायत लिखकर दे दो कि उसने तुम्हें इस प्रकार मारा है, तो मैं उसे पुलिस से गिरफ्तार करवा दूँगा।”

अलेक्सेई का मालिक वहीं खड़ा डॉक्टर की बात सुन रहा था। वह घबराया। लेकिन तभी अलेक्सेई बोला—“डॉक्टर, मुझे कुछ भी शिकायत लिखकर नहीं देना। बस आप मेरी मरहम-पट्टी कर दें, जिससे मैं जल्दी ही काम करने योग्य हो जाऊँ।”

“जैसी तुम्हारी मर्जी, बेटे!” कहते हुए डॉक्टर ने उसकी मरहम-पट्टी कर दी। अलेक्सेई का उत्तर सुनकर मालिक बहुत खुश हुआ, क्योंकि अलेक्सेई के शिकायत लिखकर न देने से वह पुलिस की परेशानी से बच गया था।

मरहम-पट्टी करवाकर मालिक उसे लेकर घर पहुँचा। मालिक ने सारी बात घर में बतायी। सुनकर मालकिन की आँखों में आँसू आ गये। वह बोली—“अलेक्सेई, तू कितना अच्छा है। मैंने तुझे इतना मारा और तूने डॉक्टर को शिकायत लिखकर देने से इनकार कर दिया। सच, मैं बहुत बुरी हूँ... बहुत-बहुत बुरी हूँ। मुझे माफ कर दे, अलेक्सेई।”

अलेक्सेई मालकिन की ओर देखता रहा। बोला कुछ नहीं। उसे चुप देखकर मालकिन फिर बोली—“आज मैं बहुत खुश हूँ। अलेक्सेई, मैं तुम्हें कुछ देना चाहती हूँ। बताओ, तुम क्या लेना पसन्द करोगे?”

कुछ देर तक तो अलेक्सेई चुप रहा। फिर बोला—“यदि कुछ देना ही चाहती हैं तो आप मुझे पढ़ने की अनुमति दे दें। बस, मुझे और कुछ नहीं चाहिए।”

उस दिन के बाद फिर कभी मालकिन ने उसे पढ़ने से नहीं रोका। अलेक्सेई दिनभर घर के काम करता और रात में बहुत देर तक इधर-उधर से मांगकर लायी गई पुस्तक पढ़ता रहता था। यही अलेक्सेई बड़ा होकर विश्व में महान लेखक मैक्सिम गोर्की के नाम से प्रसिद्ध हुआ।

दल का नेता

पचास भारतीयों का वह दल अमेरिका जा रहा था। यह दल मनीला से पानी वाले जहाज से अमेरिका के लिए रवाना हुआ था। दल में सभी पंजाबी मजदूर थे, जो अमेरिका में मजदूरी करने के लिए जा रहे थे। ये सभी अशिक्षित थे। उन्हें पंजाबी भाषा के अतिरिक्त कोई अन्य भाषा नहीं आती थी। लेकिन दल के साथ बीस वर्ष का एक युवक भी था, जो पढ़ा-लिखा था। उसे पंजाबी, उर्दू के अतिरिक्त अंग्रेजी भाषा का भी अच्छा ज्ञान था। वह सभी के साथ अच्छा व्यवहार करता तथा दल के लोगों की कठिनाइयां सुनकर उन्हें अंग्रेजी में जहाज के कप्तान को बताता।

इसीलिए दल के सभी मजदूरों का वह स्नेह-भाजन बन गया। सभी मजदूर हालांकि उम्र में उससे बड़े थे, लेकिन उन लोगों ने उसे अपना नेता चुन लिया।

उन दिनों अमेरिका सरकार ने सख्त नियम बना रखा था कि विद्यार्थियों और घूमने आने वालों के अतिरिक्त किसी भी भारतीय को बन्दरगाह में उतरने न दिया जाये। दल के सभी मजदूरों के लिए यह नियम चिन्ता का विषय बना हुआ था, क्योंकि वे लोग न तो विद्यार्थी थे और न ही कुछ दिनों घूमने के लिए अमेरिका जा रहे थे। वे लोग तो जा रहे थे वहीं रहकर मजदूरी करके पैसा कमाने। लेकिन उन्हें अपने युवक नेता की बुद्धिमत्ता पर पूरा भरोसा था कि वह उनकी मदद करेगा।

मनीला से चलकर जहाज प्रशान्त महासागर पार कर सियेटल (ओरगन रियासत) बन्दरगाह पर पहुँचा। ठण्डक भरा दिन था वह। बन्दरगाह के अमेरिकी अफसर ने भारतीय मजदूर दल को जहाज से उतरने नहीं दिया। उसने प्रश्नों की झड़ी लगा दी। लेकिन दल में किसी को अंग्रेजी आती होती तो अफसर के प्रश्नों का उत्तर देता। जब युवक ने अफसर के प्रश्नों का

अनुवाद दल के लोगों को सुनाया तो सभी ने एक स्वर से कहा—“मैं क्या जानूं, आप खुद ही उत्तर दे दें।”

युवक ने दलवालों की ओर से जो उत्तर अफसर को दिए उससे अफसर सन्तुष्ट हो गया और उसने सभी मजदूरों को उतरने की अनुमति प्रदान कर दी। अब बारी उस युवक की थी। अफसर ने पूछा—“तुम यहाँ

किसलिए आए हो?"

"मैं आपसे यह सीखने के लिए आया हूँ कि हम अपने देश को अंग्रेजों के शासन से कैसे आजाद कर सकते हैं।" बिना हिचक के स्पष्ट शब्दों में युवक ने उत्तर दिया।

अफसर अपलक युवक को निहारता रह गया। पांच मिनट तक न तो उसने कागज पर कुछ लिखा और न ही युवक के चेहरे पर से उसकी नजर हटी। लेकिन पांच मिनट बाद वह कुर्सी से उठ खड़ा हुआ। उसने तपाक से युवक से हाथ मिलाया और बोला—"तुम भी जहाज से उतर सकते हो।"

इस युवक का नाम था पृथ्वीसिंह। पृथ्वीसिंह पंजाब के एक छोटे-से गाँव लालडू का रहने वाला था और भारत को आजाद करवाने के लिए अमेरिका में कार्यरत क्रान्तिकारी दल में शामिल होने के लिए अमेरिका गया था। देश को आजाद कराने के लिए पृथ्वीसिंह को अनेक बार जेल की यात्रा करनी पड़ी, जहाँ उन्हें अनेक यातनाएँ भी सहनी पड़ीं। यही पृथ्वीसिंह बाद में सरदार पृथ्वीसिंह के नाम से प्रसिद्ध हुए।

www.ingramcontent.com/pod-product-compliance
Lightning Source LLC
LaVergne TN
LVHW040801051026
849519LV00007BA/2587
* 9 7 8 9 3 9 5 1 4 5 4 6 6 *